文春文庫

さらば故里よ

助太刀稼業（一）

佐伯泰英

文藝春秋

目次

さらば故里よ

助太刀稼業（一）

序章

豊後国海部郡の南半分を外様小名佐伯藩毛利家が領有したのは慶長六年（一六〇一）四月のことだ。日田郡隈より毛利高政が入津して成立した。

初代高政は鶴屋城とも呼ばれる佐伯城を築き、城下町の両町（内町・船頭町）を調えた。さらに荒廃した農村部には触書を発して、貧しい農家の自立を促し、荒地の再開発を奨励した。

一方、佐伯藩領地は、複雑な海岸線（リアス式）が続き、こちらも農村部同様に生産性が低かった。だが、一方で佐伯藩は特産物を有した。内陸部では炭や樵木（伐採した木材）、海岸部では干鰯など海産物が住人およそ五万余人を支えた。かような特産物を国外に移出し、米穀を移入した。藩の移出移入を廻船業が助けて発展した。当然、藩財政は特産物の生産や流通に対する依存度が高かった。

時代が進むにつれて藩財政は悪化を極め、藩政改革が繰り返される。だが、効果は見られなかった。

文化九年（一八一二）正月には、因尾村など七か村四千人の農民が蜂起して大庄屋や特産の紙場所などを襲う一揆が発生した。

第一章　瀬戸内放浪

一

佐伯藩毛利家の徒士並、神石嘉一郎二十三歳の御用は、領地の複雑な海岸線に沿って連なる浦方の村をめぐり、漁獲高を、銀奉行を兼ねた浦奉行に報告することだ。南部に位置する蒲江浦から北へ、畑野浦、浦代浦、地松浦、佐伯城下の浦、蒲戸浦、落野浦、網代浦、そして津久見浦と浦まわりを一年に二度為して、その報告にそって浦奉行は浦方運上の徴収にあたった。

神石家の俸禄は代々六石二人扶持だ。なんとも貧しいが、近隣の小さな浦々を支配する大庄屋からなにがしかの心づけが支払われていた。その代わりといってはなんだが、漁獲高を一割五分少なく浦奉行に報告していた。むろんこのような習わしは浦奉行も承知のことだ。

しかしこの日、蒲戸浦の小庄屋に立ち寄ると主の小兵衛が、

「神石様、おまえ様を目付が待ち受けておるぞ」

といきなり言った。

「うむ、なんの用かのう」

「なんでもな、おまえ様が浦方運上金を胡麻化して懐に入れておると、浦奉行の下野江様に告げ口した者がおるとか」

「このことは代々浦奉行の下野江様も承知のことだ。それを今さらなんだ」

「おお、神石様がよ、わしらにもお城の役人衆にもいいように塩梅しているのはだれもが承知よ。ここにきて、さような話になったのは、八年前の一揆が藩の勘定に堪えておるのよ。それでささいな金子も取り立てようという目論見だ」

「そんな話があるか、城下に戻って浦奉行の下野江様に面談致す」

と嘉一郎がいきり立つと、小兵衛が激しく首を振った。

「ダメだ、ダメだ。この話、どこの浦にも知らせが届いておるわ。城下に戻れば、浦奉行配下の小役人も神石様をとっ捕まえると手ぐすね引いておる。なんでもそなた様の口を塞ぐのが一番と切腹を命じるそうじゃ」

「さような乱暴な話があるか。その折り、それがしも黙ってはおらぬ」

「おお、お城の上役は認めとうはあるまいが、おまえ様は三神流の遣い手だ、上士など屁でもあるまい。けどな、あやつらどんなことをしてもそなた様の口を塞ぐ気でおるぞ。弓や鉄砲まで持ち出す気よ」

「なんということか」

「神石様よ、お父つぁんも三年前に身罷り、独り身だな。おっ母さんだけが長屋に残っていたな。いくらなんでもおっ母さんまで手を出すまい。今ここから大坂辺りに逃げぬか。これを見よ、城下の惣庄屋さんからの文だ。城での話が事細かに認めてあるわ」

と小兵衛が懐から文を出して嘉一郎の手に押し付けた。

嘉一郎は走り書きの文を繰りかえし読んだ。

小兵衛の話を裏付ける内容だった。

「小兵衛さん、大坂には知り合いなどおらんわ。いや、なにより母者を独り佐伯城下に残していけぬ。母者を連れていくことは無理か」

「文を読んだろう。城はおまえ様を人身御供にしようとしておるのよ。おっ母さんは、なんとしてもわしら村役人が守ってみせるわ。代々に渡って世話になってきた恩返しよ。一、二年辛抱なされ。そなた様がよその土地で落ち着いたら知らせなされ、わしらがおっ母さんをそなた様の下へと送り届けるでな」

「なんぞ他に策はないか、われら親子がこの佐伯領に残る手だては」

　小兵衛が黙って嘉一郎の顔を正視し、首を横に振った。

「このことを知って、わしらは手立てをあれこれと考えた。だがな、こたびの一件、浦奉行の下野江様も上役のご意向には逆らえんわ。城が雇った剣術家たちがな、おまえさんがおっ母さんを連れ出すことを待ち受けておるそうな」

「呆れたわ、なんということが」

「わしら庄屋が神石様に渡せる金子だ。五両しか集められなかったが許してくれ」

　と小庄屋が嘉一郎に差し出した。

「小兵衛さんから銭を頂戴する謂れはない」

「いや、ある。神石家のおかげで代々わしらが免れてきた浦方運上金のほんの一部よ。大坂までの船はこの蒲戸浦にすでに待ち受けておる」

　と言われた嘉一郎は覚悟せざるを得なかった。

　この日の昼下がり、嘉一郎は蒲戸浦から摂津大坂行の荷船庄屋丸に密かに乗り込んだ。

文政三年（一八二〇）十月十二日。

嘉一郎が遠ざかる故里を無言で眺めていると、

「嘉一郎」

と背に声が掛けられた。

振り向くと、「ワの字」と呼ばれている小柄な若武者が立っていた。嘉一郎はしばし無言で、

（なぜワの字が庄屋丸に乗っておる）

と訝しく己に問い質した。

「助八郎様も大坂に出向かれるか」

「うーん、嘉一郎、そのほうがこの地を出るというで、それがしも佐伯藩を脱けることにした」

と無責任なことを言った。

嘉一郎にとって毛利助八郎は、佐伯城下の町道場三神流隈恒忠道場の門弟仲間だ。とはいえ入魂に口を利く間柄ではない。なにしろ相手は毛利家九代目藩主高誠が町家の娘に産ませた三男だ。むろん高誠には正室との間に嫡男の高翰や次男

の高利(たかとし)もいた。

そのような出自のせいで若様とは決して呼ばれずワの字とか、ヒカエ（控え）とか「もどき若様」などと呼ばれていた。かような言い方を広めたのは、十代目を継ぐ前の高輪一派の重臣たちだった。その上、背丈が四尺五寸あるかなしかの短軀である助八郎は、六尺二寸と長身の嘉一郎と並ぶと、大名の若様どころか家来にも見られない。とはいえ毛利家の係累であることは確かだった。

嘉一郎は改めて助八郎の形(なり)を見た。旅装束は絹物だった。嘉一郎のそれはごわごわした木綿地だった。あちらこちらに母が為した継ぎが見られた。

「お、お待ちくだされ。そなた様は、毛利高誠様の血筋ではございませんか」

「嘉一郎、そのほうもそれがしがワの字とかヒカエと呼ばれておることは承知していよう。もはや城下にいて、人並みの扱いをうけぬ境遇には飽き飽きしたわ。父上や兄者たちに声を掛けられた覚えもないでな。それに母上が四年前、流行(はや)り病で身罷ったことを嘉一郎も知っておるな」

「とは申せ、殿が身罷り、高利様にまで何かあったときには、『ワの字』は、いや、失礼申した、助八郎様が佐伯藩毛利家の殿様じゃぞ。いくらなんでも殿も重臣方もそなた様の行いを許されますまい」

「異母兄のふたりは息災のうえ、それがしに意地悪するのが大好きでな。重臣もそれがしが眷属ということなど小指の先ほども考えておらぬ。佐伯城下にいて、ワの字とかヒカエと呼ばれる屈辱には飽き飽きしたわ。それがしはこの地を離れることに決めた」

助八郎が同じ言葉を繰り返した。

「そなた様は確かそれがしより四つ年下でしたな」

「おお、隈道場でそれがしを弟子として遇してくれたのはそなたひとりじゃ」

嘉一郎はさようなことを考えたこともなかった。

「助八郎様は大坂を承知ですか」

「大坂どころか、佐伯城中も城下もよう知らぬわ。あそこはダメ、ここは見てはならぬと、兄者たちに都合が悪いらしくどこも訪ねたことがない」

と助八郎はもはや故郷が見えなくなった船上から嘉一郎に視線を移した。

「嘉一郎、それがしが一緒では迷惑か」

「滅相もない、さようなことは全く考えておりませんぞ。助八郎様はそれがしが佐伯を離れる曰くを承知ですか」

と問うてみた。

「おお、そのほうが浦方運上の金子を胡麻化して懐に入れたと、目付や浦奉行が待ち構えているのではなかったか」

「助八郎様はそのことを信じておいでですか」

「嘉一郎、さような馬鹿げたことがこの佐伯でできるかどうか。城中を支配しておる連中が見せしめにするためにでっち上げたのよ」

当代藩主の末弟、助八郎は藩の内情をしかと把握していた。

「それがし、代々六石二人扶持に甘んじて浦御用をきちんと務めてきたにも拘わらず罪人扱いに落ち申した」

「そういうことだ」

「ただ今の城中を掌っておる連中は、藩の内所を楽にするためなら忠義の士であってもひとりでも多く追い出そうとしかしておられませぬな」

嘉一郎はそう応じると、ふうっ、と息を吐いた。

「お聞きしてよろしいか」

「なんでも聞け。そなたとはもはや朋輩じゃからのう」

「大坂までの船賃、お払いになったか」

「むろん払ったぞ」

「助八郎様は、大坂に着いたあとの当座の費えをお持ちか」

「船賃を船頭に支払ったら、二分しか懐に残っておらぬ」

「呆れ申した。それで見知らぬ土地でどうやって寝泊まりするおつもりか」

「なんとかならぬか」

助八郎の安易な返事に嘉一郎は、城中の諍いは承知でも世間の暮らしには全く疎いことを悟った。

嘉一郎はこの船の船長太郎平に一文も払っておらぬ。嘉一郎が金子に窮する身分であることを太郎平は承知していたからだ。

「それがしが、この船に乗ることをどこで知られましたな」

「そのほうが藩の浦まわりの役目を熱心に勤めていたことを、とある小庄屋が教えてくれたわ。そんな嘉一郎を浦奉行どもが捕まえようとしていることもな」

嘉一郎は助八郎に告げた小庄屋がなんとなく察せられた。

「助八郎様、懐に一両すら持ち合わせないというのは真ですか」

「おお、間違いない」

と助八郎が大らかに答えた。そして、

「そなたが頼りだ」

と言った。

「それがし一人で生きていくのさえ儘なりませんぞ」

「ひとりは暮らせぬとて、ふたり暮らしはできると世間で言わぬか」

助八郎は妙な知恵を披露した。

エライ御仁に見込まれたと嘉一郎は言葉を失った。

ふたりの頭上で帆がばたばたと風に鳴っていた。

「隈道場の門弟のなかでただひとり頼りになるのがそなた、神石嘉一郎だぞ。それがし、そなたが佐伯領から脱け出る仕儀に陥ったと聞いたとき、おお、それがしが藩を脱けたときに頼りになる仲間がおるではないかと大いに安心したわ」

「大坂に出たとして大した路銀を持たぬわれらふたりでどうする心算ですか」

嘉一郎は繰り返し質した。が、助八郎は思案しているのか、なにも答えない。

「藩を脱したそなた様が佐伯藩の大坂蔵屋敷に頼ることはできませんぞ」

「出来まいな」

「見知らぬ土地で二分ばかりの銭などたちまち霧散しますぞ」

「そなた、いくら持っておるな」

「それがしとて大した金子は持ち合わせておりませぬ。なにしろそれがしの身分は」

と応じながら小庄屋から頂戴した五両のことは助八郎に内緒にしておいたほうがいいな、と思った。その五両は木綿地の襟に縫い込んであった。すると助八郎が、

「徒士並六石二人扶持であったな」

と嘉一郎の話を引き取った。

「いかにもさよう」

「われら二人、力を合わせねば見知らぬ土地で生き抜けぬぞ」

「いかにもさようです」

と答えてみたものの助八郎と一緒に藩を脱ける理由はなにもないと思った。

しばし何事か思案の体（てい）の助八郎が、

「部屋に下りぬか。海風が冷たいわ」

とさっさと矢倉を下りて行った。致し方なく嘉一郎は従った。

助八郎の部屋は艫下（ともした）に二畳ほどの広さであった。

「嘉一郎、そなたの船室はどうだな。ここより広いか」

「助八郎様、冗談を言われますな。この船は魚くさい荷船でございますぞ。かよ

うな部屋はここ一つですぞ、ふだんは船長の部屋です。それがしは船乗りと同じく荷の積まれた間にごろ寝でござる」

「さようか」

と言った助八郎が、

「そなた、刀の良し悪しはわかるか」

と黒蠟色塗鞘打刀拵の脇差を嘉一郎に差し出した。

「助八郎様の持ち物ですか」

「さようなことはどうでもよいわ。この脇差を売ればどれほどになるな。それがし、いまや浪々の身、刀は大刀一本携えておればよかろう」

「この脇差を売って暮らしの足しになさるおつもりですか」

「そのほうが持ち金はいくらかとしつこく質すでな、考えたのだ。万一の場合はこの脇差を売る覚悟はできておる」

「拝見いたします」

嘉一郎は両手に捧げ持ち、しばし瞑目すると鞘を払った。

刀身一尺七寸余か、気品のある印象で互の目を交えた刃文が冴えた佳品だった。

斬り合いをなす刀ではない。むろん嘉一郎が携えるなどありえない脇差だった。

が、ワの字とか、ヒカエとしか呼ばれなくなるような側室の子が誕生した折に父の毛利高誠が贈ったものとも思えなかった。

「毛利家の所蔵の一剣ですかな」

「嘉一郎、さようなことを知ってどうする。それがしが、ただ今所持していることで得心せよ。どうだ、この脇差はいくらで売れそうか」

「助八郎様、見るかぎり惚れ惚れする一剣にございます。ですが、銘の有無もわからないのでは、刀剣商がいくらの値を付けるか、全く予測もつきませぬ」

「およその値も考えられぬか」

「見る御仁が見れば、何両、いや、何十両の値が付くやもしれませぬ。かような逸品をどうなされましたな」

嘉一郎は想像したよりだいぶ少なめの額を答えて、胸中の危惧をふたたび質し（ただ）た。

「城の刀蔵にあったものよ」

こんどはあっさりと助八郎が漏らした。

「まさか」

「それがしが無断で持ち出したと思うたか。案じるではない。それがしの身分、妾の子では城中のおよそのところには出入りできぬと最前申したな」

「つまり異母兄の高輪様なれば刀蔵にも出入りできますか」

「おお、たしかに兄者なれば毛利家の藩主、己のものである刀蔵にも勝手に出入りできような。だが、他にも刀蔵に出入りできる者はいるかもしれぬな」

と助八郎は明言を避けた。そして、

「嘉一郎、そなたが路銀を案ずるで、この脇差を見せたのだ。万が一の場合、売り払ってわれらふたりの入費に致そうか。だがな、この一剣を売り払う前にわれらにできることはないか」

と脇差を鞘に納める嘉一郎を見ながら自問するように問うた。

「と、申されますと」

「師匠の隈恒忠様が申されたわ。わが門弟のなかで戦国の世の剣術の気風を残しておるのは、神石嘉一郎だけだとな」

「どういう意でしょうか」

「そのほうは実戦にも通用する技量を秘めておるということよ。そなたなれば町道場破りをやっても食っていけるということではないか」

無責任な言葉に対して嘉一郎は何も応じなかった。

「そなたの手にある脇差を売り払うか、あるいはその前に」

「道場破りをせよと申されますか」

「そのことを決めるのは、神石嘉一郎一人だぞ」

毛利高誠の三男、藩主の異母弟毛利助八郎は強かな考えをしていた。

「お返ししておきましょう。徒士並六石二人扶持のそれがしが携える刀ではありませんでな」

と嘉一郎が助八郎に差し出すと、

「いや、船中、大坂に着くまでそなたに預けておこう。刀が遣い手を変えるかどうか、精々神石嘉一郎の様子を窺っておるわ」

と言い切った。

二

浦まわりの嘉一郎は時に大坂まで荷を運ぶこともある庄屋丸をとくと承知していた。そこで庄屋丸の手伝いをしながら船旅をすることにした。船長の太郎平と倅の与三次のふたりが乗組員だ。

庄屋丸はいつの間にか速吸瀬戸(はやすいのせと)に差し掛かろうとしていた。

「おお、嘉一郎どんが手伝うちな」

「船長どん、わしは船賃を払っておらんでな。手伝いくらいせんと罰が当たるわ」

「浦まわりの貧乏人から銭が取れんやろが」

と笑いながら太郎平が言ったあと、険しい表情にかえ、嘉一郎の顔を正視した。

「城中のお偉方に目を付けられたとな、嘉一郎どん」

「わしが大坂に逃げる経緯(いきさつ)を知っとるか」

嘉一郎は上役はもとより同輩と話す言葉遣いも捨てて話していた。

「おお、内緒にせよと前置きのついた話はたい、半日もせんと領内に広まろうもん。とくと承知ばい」

「船長、わしは浦奉行を騙(だま)して金子を猫糞(ねこばば)して、目付に追われる覚えはなかぞ」

「そげんこつはたい、だれもが承知しておると。おまえ様は、城中のだれかに狙われたと違うな」

「だれかってだれやろか」

「魚くさか荷船の長が知るわけもなかろ。嘉一郎どんは、間違いなか、貧乏籤(くじ)を引かされたとよ」

　と太郎平が言い切り、

「母者を残して佐伯藩を出るとは夢にも考えもしなかったぞ」

　と嘉一郎が漏らした。

「嘉一郎さんよ、ワの字と知り合いな」

　と太郎平が話柄を変えた。

「毛利助八郎様とは隈道場の門弟仲間よ。妾腹であっても先代藩主高誠様の三男ゆえ、これまで徒士並六石二人扶持のわしはちゃんと口を利いた覚えもなかったな。太郎平どん、おまえさんこそだれに頼まれてワの字を乗せたな」

「知り合いの小庄屋に大坂までひとり乗せてくれんねと頼まれたと。まさかワの字とは思わんかった。城に知られると厄介じゃろな」

　と太郎平が困ったような口調で危惧を漏らし、嘉一郎が手にしていた脇差に視線を送った。

「ワの字の刀ではなかかな」

「おお、よくわかったな、船中使ってみよと預けられたのだ」

「嘉一郎さんの刀は、鞘がぼろぼろ、柄も麻紐で包み直してあるからな」

と太郎平が嘉一郎の腰の刀を見た。

「それを申すな。これは先祖伝来の一剣でな、豊後に薩摩の軍勢が入った折りに相手方から奪ったか、戦場で拾ったかした代物と聞いた。鞘の塗りが剝げておるのは当然じゃろ、柄に麻紐を巻きなおしたのはわしたい」

と応じた嘉一郎は隣藩日向国延岡藩に御用の一員として赴いた折り、城下の刀研ぎにわが刀を見せた経緯を思い出していた。

譜代大名内藤家七万石の城下一と称される研ぎ師は、刀の外見を見て、顔を顰め、

「あんたさん、どこから来なさったとな」

「隣国佐伯藩の下士でござる」

「で、手入れをせよと言われるとな」

「主どの、さような金子の持ち合わせはない。先祖伝来の刀がどのようなものか知りたいだけだ」

「鑑定せえ言いなるな。こちらも検分料がかかるが、まあよかろう。拝見しましょ」

と研ぎ師がなにか汚いものでも手にするように摑み、塗りの剝げた鞘を見て、

「薩摩の塗りにごたる」

と呟（つぶや）き、鞘を払った。

「うん、なんと」

と漏らした研ぎ師の態度が不意に変わっていた。

「鈍（なまく）ら刀か」

と問う嘉一郎には応ぜず鎺（はばき）から刃をゆっくりと眺め、ふくらと呼ばれる切っ先の丸みに目が釘付けになった。さらに目釘を手際よく抜くと茎（なかご）に刻まれた銘を見て、

「薩摩の刀鍛冶波平行安（なみのひらゆきやす）の真刀、初めて目にした」

と呟いた。

「やはり先祖から伝えられたこの刀は波平行安で間違いないか」

「そなた様、波平行安と承知しておったな」

「豊後に薩摩の軍勢が入った折りに得たものと聞いておる。ゆえに二百年ほどわが家に受け継がれてきた一剣だ」

「手入れなされる心算はありませぬか」

「最前も申したぞ。刀を研ぎに出す費えなどもちあわせない」

研ぎ師がなにか言い掛けたが、嘉一郎は相手の手から素早く受け取った。

ゆえに神石家に伝わる一剣が薩摩の波平行安と確信できたが、それ以上のことは知らないままに過ごしてきた。そして、今、嘉一郎はワの字の携えてきた脇差の拵えを見て、わが波平行安などとは品格が違うと思った。

「ワの字の刀は、なかなかの逸品やろか」

と太郎平が己の刀の来歴を思案している嘉一郎に質した。

「素人目だが銘刀と見た」

と嘉一郎が賛意を示した。

「妾腹が携える刀と違うな」

「船長、そなた、助八郎様の持ち物ではないというか」

嘉一郎は己の疑問を口にしてみた。

「城中の刀蔵にあったもんと違うやろか」

「持ち出したというか。いくらなんでも毛利助八郎様がさようなことは為すまいて。なにより当人から、妾腹は城中に勝手に出入りできぬと聞かされたぞ」

「ううーん、ワの字の持ち物じゃなか刀ば、どげんして持っちょるとやろか」

との太郎平の言葉に嘉一郎は悪戯をしてみたくなった。

外見は相変わらずぼろぼろの波平行安を腰から外し、助八郎から預かった脇差と替えて、差し落としてみた。

なんとなくだが、嘉一郎の腰の辺りに品格が漂った。古びた帯も木綿地の袷もぼろぼろゆえ、刀がより際立って見えたか。

「なんばすっとな」

と質す太郎平に、

「太郎平、それがしから離れておれ」

嘉一郎の命に太郎平が間をとった。そのとき、

「父ちゃん、舵を代われ、おりゃ、小便がしたかと」

と与三次の声がした。

「ちいと待たんな」

嘉一郎の技量に、あるいは助八郎の脇差に関心を抱いたか、近くで見物する心算のようで倅に太郎平は応じた。

嘉一郎は三神流の形に従い、脇差を抜いた。

揺れる荷船の上での刀業だ。

両足を道場とは異なり大きく開き、右足を少しだけ前に出した。

脇差の刀身はじっくりと見て一尺七寸五分と目算した。ふだん使い慣れた波平行安が二尺四寸一分だ。七寸近くも短い。しばらく見事な刀身を凝視していたが、ゆっくりと片手正眼に構えた。

「腕も刀もそれぞれ長さが異なる。己の刀を己の腕に馴染ませよ。腕と刀が馴染んだ遣い手こそ一流じゃ」

と三神流の隈恒忠は弟子たちに教えた。だが、いまや真剣を振り回す時世は終わっていた。

嘉一郎は道場での木刀や竹刀（しない）稽古とは別に波平行安での独り稽古を毎日続けていた。

七寸弱短い脇差をしばし片手正眼で、己の利き腕に覚えさせた。

不意に嘉一郎が動いた。

片手だけで三神流の基の動きを繰り返した。

太郎平が初めて見る神石嘉一郎の剣術だった。

片手の動きに嘉一郎の左手が添えられた。

（これが噂に聞いた神石嘉一郎の剣術な）

　太郎平は剣術に詳しいわけではなかった。だが、遅速を超えた動きのどこにも無駄がないと思った。

　ただ言葉もなく見ていた。いや、眼が離せなかった。

　どれほどの時が経過したか。

　脇差の長さを嘉一郎の腕が覚えたと思ったとき、動きを止めた。

　瞑目した嘉一郎に太郎平が、

「嘉一郎さんよ、ええもんを見せてもろうたと。おめえさんの評判は聞いとったが、ほんもんやな」

　と褒めた。その言葉に嘉一郎は両眼を開いた。

「そなた、この荷船を操って何年か」

「船をもろうて二十八年やろか」

「船の長所も欠点も承知だな」

「手直ししながら荷船を動かしとるとよ、よかとこはあったやろか。悪かとこはこん手が覚えとると」

　と太郎平が右手を嘉一郎に見せた。

「悪かとことはなんだな」

「無数にあると。毎日がぼろ船とわしの勝負たい、船を沈めたら船長太郎平の負けたい」

と太郎平が言い切った。すると、

「武士も船頭も同じだな。道具の欠点を承知して使い切るのが務めであろう」

と嘉一郎が手にした脇差を虚空に翳して、

「この脇差は上等過ぎてよう使いきれん。わしには見場は酷くても波平行安が安心して命をかけられるわ」

と静かに言った。

嘉一郎はそのとき、荷船の舳先に毛利助八郎がしゃがんでいることに気付いた。

「助八郎様、この一剣、お返しします」

と鞘に刀身を納めて助八郎に差し出した。

「嘉一郎が使いきれん刀をそれがしが使いきれると思うか」

「さあてな、助八郎様がこの逸品を己のものにするには何十年の時が要ろうな。それほどの脇差と見た。この刀がなぜ助八郎様のもとにあるのか、改めて伺いたい」

と問うた。

「言わねばならぬか」

との返答に、太郎平の船に神石嘉一郎が乗り込むことを知った助八郎が同乗することにしたのは、この脇差のせいではないかと推量した。

しばし嘉一郎の手の脇差を見ていた助八郎が、

「ある者が、城の刀蔵から持ち出して城下の質屋に入れて金子十両を借り受けたのよ、ひと月も前のことよ」

と脇差の曰くを告げた。

「その一剣が助八郎どのの手にあるわけはなんだな」

「この助八郎の得意は口先よ。質屋を騙して取り戻すなど容易いことじゃ」

「城から持ち出した者がお困りではござらぬか」

「その折りは刀蔵から別の刀を持ち出して質屋に渡すであろうな」

と助八郎があっさりと退けた。

「それがしの刀は嘉一郎の刀以上にひどいものでな。鞘どころか刀身自体が鈍らでな。そんな刀を差して大坂なんぞを訪ねとうはなかったのだ」

助八郎は嘉一郎の刀をそう評した。身分から考えて当然の推量だった。しばし思い迷った嘉一郎が聞いた。

「助八郎様、この脇差の曰くを承知ではございませんかな」

にやり、と笑った助八郎が、

「嘉一郎もあれこれと苦労してきたと見えるわ」

「やはりこの脇差の由来を承知でしたか」

「刀奉行の小田巻源十郎（おだまきげんじゅうろう）を承知か」

「むろん顔は承知です」

「一年も前かのう、小田巻に佐伯藩の刀蔵に銘刀はありやなしやと質したことがあった。するとな、刀奉行どのが、刀に関心がござるかと問い直しおった」

「おお、いまや斬り合いはあるまい。それがしは剣術に関心はない」

と助八郎が答えた。

「ならばなぜ藩の刀蔵の刀に関心を寄せられますな」

と刀奉行が重ねて問うた。

「話に聞くに銘剣銘刀は高く売り買いできるそうだな。だが、わが佐伯藩は書物には関心があるが刀は大したものはあるまい」

「いかにも内外の書物、佐伯文庫の蔵書が八万冊に及ぶことを公儀も他藩も承知ですな。毛利家の宝でござる。一方刀蔵は貧寒としておると助八郎どのは推量されたか」

「いかにもさよう」

「うーむ」

と小田巻が呻り、

「そなたは毛利家の血筋です。とは申せ、妾腹ゆえ城内を勝手に出入りできませぬな」

「いかにもさよう。ゆえにそなたに質しておる。刀蔵には銘刀ありやなしや」

しばし間を置いた刀奉行の小田巻源十郎が刀蔵からひと振りの脇差を持ち出してきた。

「八百年前から六百年前にかけて備前国の友成なる名匠が、華麗にして清澄な作風の刀を残しました。それがしが手にした刀は初代ともその直系とも推量される友成の鍛えた一剣ですぞ。この茎をご覧なされ、備前友成とございましょう。この友成こそわが佐伯藩毛利家の宝刀と称してようございましょうな」

と言い切った。

「……助八郎様はその古備前友成の一剣に関心を寄せられましたか」

小田巻と助八郎の問答を聞かされた嘉一郎が問い返した。

「いかにもさよう」

「助八郎様、この古備前友成、佐伯藩毛利家の家宝となると、藩ではそなた様を是が非でも探し出し、友成を取り返しましょうぞ」

「嘉一郎、それがし、佐伯城中に勝手に出入りできぬ身ぞ。刀蔵に入るなど滅相もないわ。よしんば、刀蔵に入れたとしてどの刀が友成と見当もつくまい」

「最前申されましたな、質屋を騙してこの一剣を得たと」

「おお、喋ったことを忘れておったわ」

「となると、助八郎様、そなた様は佐伯藩毛利家家中を敵に回したことになりますぞ」

刻限はいつしか昼下りに差しかかっていた。

荷船の庄屋丸は瀬戸内に入り込んでいた。

小さなぼろ船の右手には伊予(いよ)の陸影が見えていた。

「ゆえにそなたが頼りというたではないか。古備前友成の真贋(しんがん)はそれがしにはどうでもよい。売り払ってしまえばもはやそれがしを捉まえたとて、どうにもなるまい」

と平然として言い放った。

家宝の刀を藩の外に持ち出したうえ売り払ったとしたら、藩主の身内であれ、切腹を命じられても不思議はないと思った。

「お客人方よ、そろそろ伊予の浜に船を付けるぞ。今日は珍しく風日和でな、ぼろ船、よう走りおったわ」

船長の太郎平が舵場から告げた。その言葉を聞いた助八郎が、

「もはやここまでくれば佐伯藩も追ってはこられまい」

と呟いた。

「それがし、ワの字こと毛利助八郎様の気性をなにも知らぬようですな」

「隈道場の弟子同士、これからは兄弟同然の間柄だ。互いの欠点を補って生きていくしか、われらふたりが生き残る方策はないな。来し方はどうでもよいわ」

助八郎が世間を知らぬのか、強かに生き抜く知恵を持っているのかわからなかった。嘉一郎は妙な連れが出来たと思った。

三

翌朝のことだ。

銀奉行を兼ねた浦奉行下野江睦は、中老横手武左衛門の御用部屋に出頭を命じられた。

下野江は下士の出で三十八歳。中老の横手は佐伯藩にあって、家老に次ぐ重臣だ。年齢は二十七歳だが、浦方運上の徴収が職務の下野江が面談することなどまずあり得ない。

緊張の態で小姓に案内されて御用部屋の敷居の前に座した。小姓の姿が消えて、じろりと横手武左衛門に睨まれた。慌てて平伏した下野江の、

「お呼びにより下野江睦、これに参上仕りました」

との言葉に横手はしばらく無言を保った。

下野江は、言葉が足りなかったかと思案したが咄嗟になにも浮かばなかった。

長い緊張のあと、

「下野江睦、これへ」

と中老から声がかかり、

「はっ」

と返答した浦奉行は顔を伏せたまま、御用部屋へ膝行（しっこう）した。そして、およそ畳一枚を挟んだ辺りで動きを止め、

「御用をお伺い致します」

と願った。

「浦奉行、それがしの命に心覚えがあるか」

「あれこれと思案しましたがご中老に呼ばれる用事思いつきません」

しどろもどろに下野江が返答をした。

再び間があって、

「そのほう神石嘉一郎を承知じゃな」

と質された。

なんと中老は思いがけなくも徒士並六石二人扶持の、下野江の配下の名を挙げた。中老は、下っ端の姓名を承知していた。

「はっ、神石嘉一郎は浦まわりが役目ゆえ承知でござる」

「そのほうの配下じゃな」

「下野江睦、神石嘉一郎がただ今どこにおるか承知か」

「お役目の浦まわりの最中と思われます」

「下野江、最後に神石嘉一郎と会ったのはいつのことか」

「ご中老、嘉一郎と会うのは一年に数度でございますれば三月も前か」

「近ごろ神石の名がそのほうらの話柄に上ったことがありやなしや」

との問いを聞いて、下野江は、はっ、とした。

「相分かりました。それがしに神石嘉一郎が浦運上を胡麻化しておるとの密告がつい先日ございまして早速調べました」

「答えは出たか」

「未だ調べの最中でございます」

「のんびりしておるのう」

との言葉が返ってきた。

中老の関心が嘉一郎のことならば正直に答えたほうがよいと、上役である下野江睦は判断した。

「ご中老、神石嘉一郎は浦運上金を胡麻化すような人物とは違います」

と前置きした下野江は神石嘉一郎について知るかぎりのことを縷々説明した。

むろん中老は藩の目付を支配下に置いていた。

「神石嘉一郎はもはや佐伯領内におらぬ」

と中老の横手武左衛門が言い切った。

「はっ、神石が領内におらぬとはどういうことでございましょうか」

「脱藩したということだ」

「ご中老は神石が不正を働いたゆえ、いえ、目付に知られたゆえ脱藩したと申されますか」

下野江は慌てて横手中老に問い直した。だが、

「そのほう、助八郎は存じおるか」

と下野江の問いには答えず不意に話柄を変えた。

「はっ、ワの……ああ、いや、殿の弟御の毛利助八郎様ですか」

「そのほうら、先代様の庶子を若とは呼ばず、ワの字とかヒカエとか陰で呼んでおるようじゃな」

「いえ、決して」

「さようなことはないか」

と応じた横手中老の機嫌が決して悪くないように下野江睦は感じた。

「下々の、いや、それがしの配下の者たちは時にさような呼び名で呼び合うているようで、ついそれがしも頭に刻み込まれておりました」

と答え、

「毛利助八郎様がどうかなさいましたか」

と続けると、

「ワの字も佐伯藩を脱けおったわ」

と横手が下野江に告げた。

「ご中老、助八郎様は妾腹とは申せ、先代藩主毛利高誠様の三男にございますぞ」

「おお、そのヒカエが脱藩しおった」

「なんとしたことで」

と言い掛けた下野江睦は、

「ご中老、それがしの配下の神石嘉一郎と助八郎様のふたりが藩を一緒に脱けたと申しておられますか」

「昨日、蒲戸浦から同じ大坂行の荷船に乗ったようなのだが」

中老は何かを訝しむ口調で告げた。

「神石のほうがたしか三、四歳年上です。ですが、身分違いの神石が助八郎様を誘ったということがありましょうか」

と下野江が自問するように答えた。

「いや、どうやら神石嘉一郎は、ワの字が乗っておることを知らずに荷船の庄屋丸に乗った模様だ」

しばし考えていた下野江は、

「神石嘉一郎は城下の町道場、三神流隈道場門下の遣い手として知られています。確か助八郎様も同じ道場の門弟、神石の弟弟子にあたるはず」

「なに、ふたりは隈道場の同門か」

この一件、横手は知らなかったようだがそれで納得したらしい。

「とは申せ、身分違いゆえさほど親しい間柄とは思えません」

「そのほう、剣術はどうか」

中老横手の矛先が下野江に向けられた。

「浦奉行に剣術の業は要りません、金勘定さえ出来れば事が済みます。藩道場には久しく通っておりません」

と下野江は正直に告げた。

「三神流隈道場は佐伯城下でも手厳しい道場として知られておるな。その同門となれば、互いが格別な想いを持っていよう。こたびの一件どちらが誘ったか知らぬが、同門の誼（よしみ）がなければ成り立たぬ」

と中老の横手が言い切った。

下野江はこたびの一件が脱藩なのであろうかと思案した。

しばし沈思していた横手武左衛門が、

「これからの話、聞く聞かぬはそのほうの判断次第じゃ、聞きたくないと思うたならば即刻この場を去れ」

中老が下野江の顔を見ながら言い放った。

「話をお聞きせねば判断がつきませぬ」

「であろうな」

と下野江の言葉に首肯（しゅこう）した横手が、

「話を聞いた際は、そのほう、中老横手武左衛門政恒（まさつね）の秘命を帯びて御用を務めることになる。ただこの御用、表沙汰に出来ぬ。それがしが私用としてそのほうに願うことになる」

「ご中老の用件を為し得た場合、それがしになんぞ得がありますかな」

「そうじゃな。それなりの出世が考えられる」

「このこと、それがしがご中老ご自身に成り代わり、その秘命に目処を付けよと言われていると理解して宜しゅうございますか」

「いかにもさよう」

「その御用、下野江睦にお命じ下され。わが命に代えても成し遂げてみせます」

「そのほう、剣術は不得手と言うたな。相手は三神流の遣い手神石嘉一郎かもしれんぞ。太刀打ちできるか」

「神石嘉一郎は尋常な遣い手ではありません、佐伯藩どころか豊後国内で筆頭の力と評する者もおります。となれば少々剣術を齧った程度の家臣はだれひとり太刀打ちできますまい。それがし、最初から剣術の業は持ち合わせておりませぬ。ゆえに万分の一の勝算はあるのではございませんか」

「ほう、理屈じゃのう。神石嘉一郎の三神流の業にそのほう知恵で立ち合うと申すか」

「いかにもさよう」

と下野江は言い切った。

何代にも渡って浦奉行給人格に甘んじてきた。いま、少なくとも給人、いや番頭(ばんがしら)に昇進する話が提案されていた。断る理由などない。なんとしても出世の糸口を摑んで離してはならないと、下野江睦は思った。なにより神石嘉一郎は自分の配下、人柄はよく承知していた。そんな両人だ、戦わずとも目途が立つと思った。

「よかろう。それがしとそなた、向後の秘命を共に為す、よいな」

「承知仕りました」

「城中の刀蔵から刀が行方知れずになった」

と前置きした横手武左衛門が話を始めた。

中老の御用部屋から浦奉行の控え部屋に戻ると、同輩の角田庄一郎(かくたしょういちろう)が、

「そなた、中老に呼ばれたか」

と質した。

「庄一郎、われら、浦奉行じゃぞ、中老に呼ばれる曰くなどないわ」

とわざと平然とした表情で言い放った。同輩に中老直々の御用が命じられたことを知られてはならぬと判断したからだ。

「そなたを中老の小姓が呼びに来たとそれがしに告げた者がおるのだぞ」

「庄一郎、そなた、中老の小姓を承知か」

「中老の小姓な、頭に浮かばぬな」

「それがしも知らぬわ。使いはな、町道場の主、隈恒忠先生と知り合いの番頭の若い衆であったわ。なんとそれがしに三神流の道場に稽古に来いとの厳しい叱責であったわ。今さら剣術を稽古してもなんの役にも立つまいに。この番頭どのな、亡き父の釣り仲間でな、武士の表芸のなんたるかを、こっぴどく説教された」

「なに、下野江睦に剣術修行を説く御仁がいたか。佐伯藩浦奉行下野江睦の刀は竹光と知らぬ者が未だ藩にいたとはな」

と角田庄一郎が嬉しそうに笑った。

竹光ではなかったが鈍ら刀に間違いはなかった。

「庄一郎、そなたとて剣術の技量は褒められたものではなかろう」

「とは申せ、睦、そなたよりは剣術の腕前、格段ましじゃぞ」

と腕をもう一方の手で叩いた。

「城中におると厄介な話がかように舞い込むわ。それがし、明日から浦まわりに出かけるで、しばらくそなたと会うことはあるまい」

「おお、扶持は少ないが浦まわりは気楽な稼業よのう」

という角田庄一郎と別れた下野江睦は早々に城を出た。中老横手武左衛門の秘命を独りになって思案したかったからだ。

なんと前藩主毛利高誠の三男、妾腹の助八郎が毛利家の数少ない家宝のひとつ、古備前友成なる刀を刀蔵から持ち出して藩を脱けたと中老は告げたのだ。下野江がその一剣を取り戻せば、番頭への昇進を確約するというのだ。

中老の横手武左衛門がなぜかような御用を下野江睦に命じたか、そのことを考えていた。

下野江睦とワの字こと毛利助八郎はなんら縁がなかった。ただし同じ大坂行の荷船庄屋丸に乗ったという神石嘉一郎は、銀奉行を兼ねた浦奉行の下野江睦の配下ゆえ承知だった。

中老の横手武左衛門は、

「そのほう徒士並の神石嘉一郎の上役じゃな、この神石と毛利助八郎が同じ荷船の庄屋丸に乗り合わせたのは偶(たま)さかのことではないとそれがしは見ておる。三神流隈道場の門弟ふたりは古備前友成を刀蔵から持ち出した盗人仲間かもしれぬ」

と強引な見立てを下野江に告げた。

「ご中老、神石嘉一郎はそれがしが知るかぎりワの字とは入魂の付き合いなどございません。また神石はただひたすら剣術修行に熱心な男でしてな、主家の家宝を刀蔵から持ち出すような悪さを為す人物ではございませぬ」

　と下野江は抗弁したが中老は、

「いや、毛利助八郎と神石嘉一郎は町道場の同じ門弟でありながら、付き合いなどないと他人には見せておったのだ。この両人協力し合って古備前友成を藩の外へ持ち出し、どこぞで売り払う気だ」

　と言い切った。中老の言葉は最前とは異なっていた。話しているうちに考えを変えたと思えた。しばし間を置いた下野江は、

「ご中老、それがしになにをせよと申されますか」

「おお、そのことよ。そのほう、神石嘉一郎の上役じゃな、この騒ぎにそのほう、上役として責めがあろう」

「はあっ、それがしに責めがございますか。それがし、たしかに神石の上役ですが、毛利家の家宝が持ち出された一件などなにも知らぬ上役が責めを負うなど馬鹿げた話でございますぞ。なにより神石は刀紛失に関わりなどないはず」

「下野江睦、わしの推量に難癖をつけおるか。両人は関わりがあるゆえ、同じ荷船に乗っておるのだ」

中老が激した口調で言い放った。

「ご中老、それがし、それがし、なにを致さばご中老の得心が得られますな」

「おお、両人から古備前友成を取り戻せ」

ふたたび命を繰り返した。

「ご中老、両人が仲間かどうか知りませんが、ふたりが昨日蒲戸浦から庄屋丸に乗船したとすればすでにどこぞに消えておりましょう。浦奉行のそれがし、船を雇う金子など一文も持ち合わせておりませぬ」

「この中老たるわしが無為無策で、そのほうにかような企てを命じると思うてか」

「はあっ」

どう返答してよいか睦は分からなかった。

「下野江睦、そのほう、まず城下から船にて蒲戸浦に向かえ。船は藩の御用船を船着場に待たせておるわ」

「ほう、浦奉行のそれがし、藩の御用船など乗ったことはございませんぞ。で、蒲戸浦にてなにを為しますな」

「かの地の小庄屋は、両人が庄屋丸に乗船した経緯を知っておろう、そのことを確かめよ。そのほうの、その先の行動は決まってくるわ」

「相分かりました。ところで藩の御用船はいつ出立ですな」

「今すぐ鶴屋城を出てその足で船着場に向かえ」

「それがし、旅仕度をしとうございます」

「やつらと一日の差があるのだぞ。一刻が大事なのだ。瀬戸内にあるうちに庄屋丸を見つけ、両人の持つ古備前友成を奪い返すのだ」

「それがし、わが配下の神石嘉一郎はもとより、ワの字からですら力業で家宝の一剣を取り戻すなど無理でございますぞ」

「そのほうに剣術の業を求めてはおらぬ。そのほうも最前、知恵を使ってなら太刀打ちできると言うたではないか」

中老は家宝の刀を奪い返すためにはだれが適任か下調べして下野江に命じていた。目付など身分や力を使った策は、却って騒ぎを大きくすると考えていた。

懐から袱紗（ふくさ）包みを出して下野江の前に置いた。

「下野江睦、七両を貸しおく。この金子にてなんとしても両人と会い、古備前友成を取り返せ。家宝を取り戻して帰国した暁に金子がいくらかでも残っていた折りは返却せよ」

と中老はけち臭いことを言い足した。

「ご中老、念押しします。藩の御用船をそれがしが勝手に使ってよいのですかな」

「おお、蒲戸浦まで急いで参れ」

「わが藩の領内ならば使ってよしということですかな。神石とワの字のふたりは荷船で真に大坂に参ったのですな。それがし、藩の御用船をその先も使えませぬか」

「そのほう浦奉行じゃな。藩の御用船をかような騒ぎのために藩外に持ち出せると思うてか。その金子で工面し、刀泥棒を追うのだ。ともあれ、刀を手にせず城下への帰還は許さぬ」

中老の横手は藩の御用船は蒲戸浦で返せと付け足した。

「神石嘉一郎と毛利助八郎様の両人が大坂に向かったとなれば、それがしも大坂行の船を探して、神石らの船を追うわけですな。浦奉行のそれがし、大坂などよう知りませぬ。ご中老、なんぞ知恵はございませぬか」

「それを考えるのが下野江睦の才覚であろうが。借財まみれの藩の金蔵から七両を都合するのがどれほど大変か、そのほうとて予想がつこう。ともかく急ぎ船着場に参れ」

と横手に命じられた下野江睦は憮然として中老の御用部屋を出たのだ。

四

その日の夕暮れ、銀奉行と浦奉行を兼ねる下野江睦は蒲戸浦の船着場にて小庄屋に会った。神石嘉一郎と毛利助八郎のふたりが荷船庄屋丸に乗り込んだ折り、両人は事前に示し合わせていたのかどうか小庄屋に聞いた。

「下野江様、神石様は独りだけで庄屋丸に乗り込まれましたぞ」

「ワの字、いや毛利助八郎様といっしょではなかったか」

「いえ、独りだけですぞ」

と小庄屋は言い切った。

「助八郎様を見ておらぬな」

「わっしは見ていません。なんぞさような話がございますので」

「いや、両人が連れ立っておったとの話があってな」

「毛利助八郎様が庄屋丸に乗り込んでいたとしたら、城下から歩いてやってこられて、この船着場では隠れておったということでしょうか」

「そのことを知りたいのだ」

「ならば庄屋丸がこの蒲戸浦に戻ってくるのを待つしかありませんな。船長の太郎平に直に問われるしか手はない」

「さような悠長なことは言うておれんのだ。別の船を都合して庄屋丸を追っていく」

「瀬戸内というてもそれなりに広いし、追いつくなど無理です。庄屋丸が戻ってきて、大坂辺りで下ろした助八郎様の行く先を船頭に聞くのが確かでございます」

と下野江睦は突き放された。

「この地で待つしかないか」

「へえ、それが一番間違いありません」

「うう-ん」

と下野江は唸（うな）ったが海が相手ではほかに方策が思いつかなかった。

同日同刻。

荷船庄屋丸は伊予国今治城下東側に並ぶ小さな島、比岐島と小比岐島の間の瀬戸に停泊していた。舵が破損したのだ。

船長の太郎平は、

「若様よ、舵が割れておるわ。このままでは走れん。修理するしか手はない」

と佐伯藩先代藩主毛利高誠の三男に告げた。

「太郎平、修理に何日かかるか」

「そやな、船に載せておる鉄板を焼いてな、罅の入った舵棒に嵌めるたい。島陰で炉をこさえて鉄板を焼き、丸うして舵棒の頭に嵌めるのじゃ、上手くいって三日かのう」

と太郎平が比岐島の岩の間に見える浜を見た。

「鉄片を焼く流木はある。まずは炉を造ろうたい」

と船長が倅の与三次に視線で命じた。

庄屋丸は浜から十数間先の岩場にへばりつくように泊まっていた。さほど波は荒くなく船から与三次が岩場に飛び移り、父の船長が使い込んだ麻縄の端を倅に投げた。その先端を持って与三次が岩場を伝い、浜へと渡ろうとした。

「太郎平どの、それがしも手伝うぞ」

神石嘉一郎も身軽に岩場へと飛んで麻縄を掴むと与三次のあとを追った。十三、四歳から父について浦まわりをやってかような手伝いには慣れていた。

与三次に続いて嘉一郎も狭い浜に飛び下りた。

拳ほどの小石と茶色の砂が混じった浜はせいぜい二十間余か。浜には流木が無数にあった。

与三次と嘉一郎は庄屋丸から伸びた麻縄を引っ張り、浜へ舳先を寄せて、縄を砂浜の岩に固定した。

庄屋丸の舳先から毛利助八郎が浜へと飛び降りた。腰には古備前友成が差し落とされていた。

「与三次、かようなことはそなたら慣れておるようだな」

助八郎がすでに炉を造るために漬物石ほどの石を拾い集めている与三次に質した。

「若様、庄屋丸はぼろ船じゃ、船体のあちこちが傷んでおるぞ。この数年破れた箇所を直し直し使うてきたけどな、舵が壊れたのは初めてや」

と親父の太郎平を見習って与三次も助八郎を、若様と呼ぶようになっていた。

「太郎平は修理に三日と言ったが出来そうか」

「そやな、出来んことはなかろう」

「藩の追っ手が追いつかぬか」

　と不安げな表情の助八郎が腰の刀を触った。

「若様、瀬戸内は島が数えきれんほど散らばっておるわ、わしらがどこにおるかだれにも分かるめえ。追っ手がわしらと同じ海路を辿るなどまず考えられん。小さなふたつの島の入江に泊められたぼろ船が見つかることはなかろう。追っ手が先に佐伯藩の大坂蔵屋敷に辿りついて、わしらが来るのを待ち受けていると違うやろか」

　と与三次が予測した。

　話しているうちに大小の石を利用して釜型の炉が形作られた。

「よし、燃やす薪を拾い集めてくれんね。おふたりさん」

　と願われた嘉一郎は、乾いた流木を選んで拾い集めると炉の前に積んだ。すると腰に下げた鉈（なた）を与三次が嘉一郎に差出した。流木を小割りにしろということだろうと考え、その命に無言で従った。

　一方、太郎平・与三次父子に若様と呼ばれて満足げな助八郎は、嘉一郎が与三次を手伝うのを見ながら岩に腰を下ろして作業の模様を眺めていた。

「助八郎どの、そなた、かような働きを為したことはござらぬか」

「うむ、力仕事か、なぜ為さねばならぬ。存分に隈道場で体を動かしておるでな」

助八郎が嘉一郎に言い放った。そこで嘉一郎が話柄を変えて、

「やはり大坂に着いたらその古備前友成を売るお積りか」

と質した。

「それがしが路銀を得るにはこの友成しかないからな」

「助八郎どの、大坂は商人の都ですぞ。刀が高く売れるのはなんといっても三百諸侯が屋敷を構え、将軍徳川様がおられる江戸でしょうな」

と佐伯藩を離れて以来、思案していたことを嘉一郎が告げた。むろん流木を小割りにする手を休めることはなかった。

「なに、江戸のほうが古備前友成は高く売れるか」

「大坂の刀剣商が買う値の二倍か、三倍には江戸では売れませんかな」

「若様、嘉一郎さんのいうことに間違いない。大坂の商人はしぶちんやぞ。その点、武士の都の江戸の商人は、刀をよう承知しており、いいものにはそれなりの値を付けよるわ」

と与三次は江戸を承知か、嘉一郎の考えに賛意を示す発言をした。

「大坂から江戸へは何日も掛かろうな」

と助八郎が不安げな表情を漂わして、ふたりに尋ねた。

「京から東海道五十三次を徒歩にて向かうとして、旅慣れた男衆で十二、三日はかかりますな。そうやな、若様は旅慣れておらんな。ならば女衆と同じく二十日から二十数日はかかろうな」

と与三次が応じて言った。

「それがし、東海道を旅する路銀など持っておらんぞ」

としばし思案した助八郎が洩らし、不意に思いついたように、

「与三次、そなたら、船で江戸に連れていってくれぬか」

と言い出した。

「若様、庄屋丸は穏やかな瀬戸内でさえ、舵が壊れるぼろ船たい。外海を走らねばならぬ江戸行など無理じゃぞ。荒波に直ぐにも沈没しよるわ」

与三次があっさりと断った。

「なに、庄屋丸は頼りにならぬか」

と落胆した助八郎が嘉一郎を見て、

「そのほうはどうだ」

「さような知恵は持ち合わせておりませんな。助八郎どの、そなたの頼りはその腰の古備前友成だけですか」

「ああ、いかにもさよう」

と答えた助八郎の言葉に嘉一郎は不審を感じた。だが、それがどこからくるものかははっきりとはわからなかった。

「そのほうが江戸のほうが高く売れると申したではないか」

助八郎の返答は嘉一郎の問いとは微妙に違っていた。

「いかにもさよう。されど江戸への路銀をお持ちではないとなると、大坂で安くても金に換えるしか手立てはありませんな」

助八郎と問答を交わしながら嘉一郎は、即席に造った炉のなかに積んだ薪に火打石を使い、火を点していた。なにしろ佐伯藩の浦まわりが務めだ。かようなことには慣れていた。

「それがし、どうすればよいか。刀を大坂で売るのか売らんのか」

「古備前友成の持ち主は助八郎どのですぞ。それがし、その刀とは関わりたくありません」

嘉一郎は、古備前友成が毛利家の家宝ならば、妾腹の三男の助八郎が所有するべきではない、さような刀が生み出すのは金子ではなく厄介だと考えていた。そんな沈思の間に炉のなかの薪は盛大に燃え始めていた。それを確かめた与三次が庄屋丸に積んであった鉄板を炎へと突っ込んだ。

ふたりの行動を見ていた助八郎が、

「嘉一郎、古備前友成が高く売れるかどうかは大いにふたりの暮らしに関わってくるのだぞ。真剣に考えぬか」

と言い放った。

「助八郎どの、それがしにどうせよと言われますので」

「嘉一郎、それがしを江戸へ連れていくのだ」

いつの間にか隈道場の兄弟子ということを忘れたか、高飛車に命じた。嘉一郎はしばし間を置いて助八郎を正視し、

「助八郎どの、それがし、そなたといっしょに旅するなどという約定は為しておりませんぞ」

と言った。すると助八郎が嘉一郎の言葉を熟慮して、

「そのほう、潤沢に路銀を携えておるか」

と質した。

助八郎は庄屋たちが嘉一郎のためにかき集めてくれた五両を密かに所持していることを承知なのではないかと思った。だが、いくらなんでもさようなことはあるまいと思い直した。

「助八郎どの、それがし、どこへ向かう路銀も持ち合わせておりませぬ。されど、徒士並六石二人扶持の浦まわり、どのようなことでもなして生計(たつき)を立てる経験と覚悟があります。助八郎どのは、それがしのことなど考えずにひとり旅を思案してくだされ」

と非情とは思ったがはっきりと向後のことを助八郎に理解させるべきだと思って言った。なにより助八郎が携える古備前友成は厄介のタネだと確信していた。

炉に突っ込まれた鉄が段々と赤く染まってきた。

「嘉一郎さん、黒ずんだところが赤く変わったら鉄を取り出して金槌で叩き、輪っかにするぞ」

と与三次が言った。

「そなた、舵棒の太さを承知か」

「長年の付き合いですぞ、承知です」

「差渡何寸か」

「何寸かなんて知りません。鉄片を丸めながら幾たびか手直ししていきますで、舵にはめ込んでみせます」

と与三次が言い切った。

「鉄片が輪っかになるにはどれほどかかるのか」

「まあ、うまくいけば明日の夕暮れ前か。長くても明後日と見ればよいでしょうな」

「ということは、炉の炎を明後日まで燃し続けねばならんか」

「炎は大事ですぞ、嘉一郎さん。浦まわりの嘉一郎さんも舵の修繕をしたことはありませんか」

「ないな」

そんな与三次と嘉一郎の問答を聞いていた助八郎が、

「与三次、嘉一郎、舵が修繕できるのは明後日だな。ならばこの先の船旅をどうするか、話し合うておこうぞ」

とふたりの関心を自分の問題へと戻そうとした。

「刀をうんぬんするのは毛利助八郎どののご一人の判断です。銭がなくともそれがしはそれがしでなんとかします。助八郎どの、案じなさいますな」

「おお、嘉一郎、そのほうならば道場破りで金子を稼げような。それがしには神石嘉一郎のような剣術の技量はない。独り旅など到底無理じゃぞ。嘉一郎、佐伯藩毛利家の家臣として、また隈道場の門弟として、そなたの決断はあまりにも非情ではないか」

と助八郎が泣き言を口にした。

「毛利助八郎様は妾腹とは申せ、佐伯藩九代目藩主の毛利高誠様の三男ですぞ。大坂には佐伯藩毛利家の蔵屋敷がございます。まず蔵屋敷に赴いて相談なされることです。その折り、目付の目を潜って領外に脱けた徒士並のそれがしが同道していては厄介でしょう」

「嘉一郎、それがし、古備前友成を携えておるのだぞ」

「いかにもさようでしたな。となると、蔵屋敷には顔出しできませぬか。ならばその一剣を大坂にて売られ、路銀を拵えられることですな。路銀さえあれば、江戸であろうとどこであろうと旅することはできます」

「そのほう、他人事と思うてか、好き放題言いおるのう」

「いくら毛利家の身内であろうと、三男の助八郎様が御家の家宝を所持しているのはやはりおかしゅうございますな」

「そのほう、意外に意地が悪いのう。妾腹が生き抜くにはどのような策でも講じるわ。嘉一郎も徒士並六石二人扶持、佐伯藩の下士であろう。浦まわりとして、どのような手を使うても生き抜いてきたと最前言うたではないか」

「助八郎様、それがし、主家の家宝を持ち出せるような身分ではありませぬ」

「そう申すな。妾腹の三男などそなたと同じ下士同然ぞ」

と助八郎は言い放った。

「ともあれ、そなたの行く先々には藩の目付が目を光らせていましょうな。そのようなお方と旅をするなど厄介極まりない、お断り致します」

嘉一郎の言葉に愕然とした助八郎が助けを求めるように与三次を見た。

そんな問答を舵場から聞いていた船長の太郎平が、

「神石嘉一郎の旦那、無一文の与太者・佐伯藩九代目藩主の三男坊と旅をするのも剣術修行になるとは思いませんかえ」

と言い出した。

「なに、道場の弟弟子の毛利助八郎を伴い、剣術修行をせよと申すか」

思いがけない言葉に驚く嘉一郎に太郎平は重ねて、

「藩から出たことのないお二人が旅をすれば、はからずも、今まで知らなかった世の中を広く学ぶことになるでしょう」

と言った。

「さようなことができるか」

「できますでしょう。神石嘉一郎さんは武者修行の旅で出会う剣士と技を磨き、世間を知ることで、大きくなられるにちがいない」

と老練な船長が平然と言い切った。

嘉一郎は自分の今の身の上を憂いつつも、剣術修行という新しい目的に大いなる魅力を感じていた。

「舵の修繕が終わったら、若様と神石さん両人を間違いなく大坂まで乗せて武者修行に送り出します」

「それは有難い」

毛利助八郎はふたりの問答をただ聞いていた。

「となれば、神石嘉一郎さんよ、大坂までの船賃を頂戴しとうございますな」

「そなたらが若様と呼ぶ毛利助八郎もそれがしも路銀など持ち合わせておらぬことは承知であろう」

しばし嘉一郎の顔を正視していたが太郎平が、

「神石さんよ、継ぎのあたった袷の襟に縫い込んでおられる金子を頂戴致しましょうか」

嘉一郎は思わず襟に手をやった。

「佐伯藩を出る折り、浦まわりで付き合いのあった庄屋衆から五両の金子を渡されましたたな。あれがこれから先、大坂までのおふたりの船賃です」

という船長太郎平の言葉を嘉一郎は啞然として聞いた。一方、助八郎はにっこりと笑った。

第二章　道場破り

一

およそ十日後の早朝のことだ。

太郎平と与三次親子の荷船から大坂に放り出された日、神石嘉一郎と毛利助八郎両人の懐には一文の銭もなかった。

「嘉一郎、腹が減った」

佐伯藩毛利家の妾腹ながら三男の助八郎が訴えた。

「われら、一文の銭もございませんぞ」

「嘉一郎、めしが食いたい」

助八郎が情けなくも願った。

「大坂は初めてですぞ。どうすれば銭を稼げるか」

「嘉一郎、古備前友成を売ることが叶わぬとなれば、そなたが頼りだぞ」

「そう申されても大坂は存じませぬ」

「門弟の数多いて内所がよろしい道場を探して稼ぎを為せ」

と助八郎が嘉一郎に道場破りを唆した。

しばし沈黙していた嘉一郎は、

「長年修行した三神流剣術の初めての立ち合いを、道場破りなどに使いたくありません」

「他に金を稼ぐ方策があるか」

「大坂には知り合いとておりませぬ。仕事が直ぐに見つかるとは思いませぬ。それに早口の大坂ことば、よう聞き取れません」

「おお、嘉一郎、それがしも大坂訛りは好かぬぞ。ともかく金子を稼がねばわれらふたり、嫌いな大坂の地で飢え死にするぞ」

「飢え死にはしたくありません」

「だから、申しておろう。そのほうの得意な剣術で道場破りをせよと。それが一番手っ取り早かろう」

と助八郎が隈道場の兄弟子に言い放った。

助八郎は毛利家の眷族ということを笠に着てか、妾腹ということを忘れたような傲慢な言動だ。

「隈恒忠様はそなたの剣術師匠でもありますぞ。食い扶持を得るために三神流を使ったと知られたら、なんと申されますか」

「嘉一郎、われらはどこにおるのだ」

「大坂です。それがなにか」

「師匠は豊後の佐伯藩城下におられるわ。そなたが道場破りをしたなど知らぬ。われらふたり、大坂の地で飢え死にしてもよいのか」

「困りましたな」

「一文の銭も持たぬゆえ、他に選ぶ道はないのだ。師匠も理解されようぞ。嘉一郎、そなた、これ以上腹が減ってはもはや道場破りどころではなくなるぞ」

「まあそうですが」

と曖昧な返事をした嘉一郎を他所に、助八郎は船問屋難波天満屋の看板を掲げた店にさっさと入っていき、番頭らしき風采の奉公人と話し始めた。

嘉一郎が表に独り佇んで四半刻（三十分）が過ぎたか。ようやく助八郎と番頭

と思しき男の問答が終わったか、ふたりして表に出てきた。番頭は片手で道を助八郎に示すような仕草をしていたが、

「わての名でっか」

と問い返すのが聞こえた。

「おお、大番頭はんの名が知りとうてな」

助八郎が追従の口調で言った。

「あんたはんは、内所が豊かな剣道場がこの界隈にないかと尋ねはりましたな。よろしか、わてが教えた二天一流三宅八左衛門道場は、なかなかの剣道場やで。在所の出のお方が直ぐには入門できまへん。まあ、見物くらいはなんとかなるんとちゃいますか」

（二天一流三宅なる道場にだれが入門だ）

と嘉一郎は思った。

二天一流、そもそも円明流と称し、宮本武蔵が創始した剣術ということを嘉一郎は承知していた。

「ゆえに大番頭はんの名をお借りしようと思っただけや。なあ、いいやろ」

「見物しはんのにわての名な、まあ、ええやろ。三宅道場を訪ねはったらな、船

問屋難波天満屋の長助の口添えといいなはれ」

「ほうほう、大番頭の長助はんでっか」

といつの間に聞き覚えたか珍妙な大坂訛りで応じた助八郎が、

「これ、嘉一郎、長助はんに礼を言わんかい」

と嘉一郎に命じた。

「どなたが大坂の剣道場に入門するのですな、助八郎どの」

「入門やありまへん。まあ、その辺はあちらはんに着いてから考えますわ」

ぺこり、と難波天満屋の番頭に頭を下げた助八郎が嘉一郎の傍らに来て、

「ほれほれ、行きまっせ」

と先に立って歩き出した。

「助八郎どの、最前、嫌いと申していた大坂ことば如きものを弄して、どういうことですかな」

「郷に入れば郷に従えや。いいか、嘉一郎、見知らぬ土地であれこれと聞き出すにはこれくらいせぬと、なにも教えてもらえぬぞ」

なんとも如才ない佐伯藩毛利家の三男が言い放った。

「なんぞ役に立つ話が番頭から聞き出せましたかな」

「おうさ、二天一流三宅道場は、武家だけではのうて、淀川三十石船の船頭らが門弟に仰山おってな、なかなかの稼ぎがあるそうな」

助八郎は三宅道場には七人衆と呼ばれる高弟がいて、難波でも知られた武芸者たちだと番頭から聞いたことを嘉一郎に伝えなかった。

「その道場にだれが入門すると申されますか」

「そのほうに決まっておろう。ただし入門ではないぞ。入門もなにも一文の銭も持たぬわれらだぞ。嘉一郎、しっかりせぬか。そのほうが路銀を稼ぐために二天一流三宅道場に道場破りに参るのだ」

「それがしの道場破りのお膳立てにかように長々と船問屋の番頭と話し込まれましたか」

「おお、そういうことだ」

「二天一流三宅道場に道場破りを為すのはそれがしだけですかな。そなた、毛利助八郎どのがそれがしの先陣に立って道場破りをすると申されるならば、神石嘉一郎、逃げるわけには参りませぬな」

「嘉一郎、生き死にがかかった道場破りに先陣も大将もあるか。われらたったのふたりだけだぞ。立ち合うのは大将のそのほう、神石嘉一郎一人だ」

「で、そなた、助八郎どのの役目はなんですな」

「ふたりだけの道場破りに先鋒もなにもなし、それがしの役目は、何より大事な試合の駆け引きを為すことだ」

「つまりそれがしと相手方の立ち合いに際して、口先でお膳立てをするということですかな」

佐伯藩の城下にいた当時、弟弟子の毛利助八郎がかように如才ない言葉を操るなど夢想もしなかった嘉一郎であった。

「おお、そういうことよ。いいか、相手は大勢、こちらは一人(いちにん)。その折り、口先のお膳立てがなにより大事でな、その場になって嘉一郎は、それがしの大事な役割を悟ることになろうぞ」

と言い切った。

天満の船着場に面して道場を構える二天一流三宅道場は、なかなかの門構えであった。

「ほう、佐伯城下の隈道場の比ではありませんな」

と嘉一郎が感嘆した。

道場から稽古の雰囲気が表まで伝わってきた。ピリリとした緊迫の気配だった。

「助八郎どの、これは並みの剣道場ではありませぬぞ。かような道場に道場破りとは無茶です。他の道場を当たりませぬか」

「おお、この界隈にも二、三軒剣道場はあるにはあるが、門弟の数も少なく、ために貧乏道場でな、稼ぎがないと船問屋の番頭長助から教えられたわ」

「うーむ、それにしてもこの道場に無謀にもひとりで道場破りに入る剣術家はおりますまい」

と独語した嘉一郎は三宅道場の表構えを改めて見た。

「嘉一郎、いかにもさようだ。だがな、金子が稼げそうな道場はここしかないのだ。覚悟をせよ」

と助八郎があっさりと応じた。

「見物と称して覗くだけ覗いてみますか」

と他国の剣術を見たい一心で嘉一郎と助八郎の両人は、門を潜って立派な式台が設けられた玄関に立った。

「ご両人、なんぞ用事かな」

と内玄関から顔を覗かせた門弟と思しき年配者がふたりに質した。

と言い掛けた嘉一郎の傍らから助八郎が、

「見物を」

「われら、道場破りである」

といきなり宣告した。

門弟が、本気かとふたりを睨み、

「なに、うちに道場破りだと。冗談であろう」

と問い質した。

「いや、本気であるぞ。こちらの道場を船問屋難波天満屋の番頭長助から聞いたのだ」

との助八郎の返答に、

「なに、船問屋の難波天満屋の番頭の口添えだと。ならば、そなたらの命を取るわけにもいくまいな。だが、手足が二、三本不じゆうになる覚悟であろうな」

と睨んだ。

「おう、本気も本気、門弟どの、当道場には高弟七人衆というのがおるそうだな」

「なに、そなたら、道場主高弟七人衆のことを承知しての道場破りというか」

「それがし、三宅道場の門弟のひとりに過ぎぬ。まあ玄関番程度の弟子だ。そのほうら、七人衆と立ち合うことを所望か」

「いかにもさよう」

「なんと怖いもの知らずのばか者がこの世におったか」

とにたりと笑った玄関番と称した弟子が、

「いかにもさよう、と最前から申しているではないか」

「そなたら、なんぞ事情でもあるのか」

と助八郎に質した。

嘉一郎はもはや問答には入らず、助八郎がすでになにかを企てての駆け引きであろうと推量して聞き入っていた。

「われら、道中で路銀を紛失してな、一文無しである。われらが勝ちを得た折りは金子十両を頂戴致したし」

「路銀を紛失しただと、抜かせ。最初から路銀など持たぬ貧乏人であろうが」

と蔑む眼差しを沈黙したままの嘉一郎に向け、

「そのほう、どこの出だ。いや、流儀はなんだ」

と質した。

「われら、西国豊後国佐伯藩に関わりがあった者でござる。幼少より修行した剣術は三神流であった」

と正直に答えた。

「佐伯藩か。三神流な、在所剣法じゃな」

と決めつけた。

「よいか、ご両人、玄関番のそれがしの親切である。よう聞きなされ。摂津大坂ではわが道場、名の知れた道場である。最後に道場破りが訪れたのは五年前か。その折りの五人の武芸者は、足腰と肩を砕かれ、剣術を諦めざるをえなくなった。このことが読売に載ったで、以来、三宅道場、恐ろし、と道場破りはうちを避けるようになったわ。よいか、西国の田舎剣法では太刀打ちできぬ。この場から早々に立ち去りなされ」

「お手前の親切、とくと聞いた。われらの苦衷を述べた今、このまま立ち去るわけにはいかんのだ」

と助八郎が言い放った。

「相分かった。うちの道場の高弟衆と立ち合い、十両を望んだ以上、そなたらが敗北した場合、ふたりの命で十両分を支払う心算か、それとも」

と玄関番と自称した相手が助八郎の腰の一剣に目をつけた。

「腰の一剣、かなりのものと見た。そなた、金がないなら差し料をかけなされ」

「なに、わが古備前友成と十両をかけると言うか」

と助八郎が嘉一郎を見た。

「助八郎どの、友成が惜しければ玄関番どのに頭を下げて立ち去りましょうぞ」

と嘉一郎が願った。

「おお、それがいい」

という玄関番に助八郎が、

「相分かった」

と応じた。

「玄関番とやら、この友成をかける以上、十両では安すぎる。どうだな、五十両を出さぬか」

「うむ」

と唸った玄関番が、

「そなたが古備前友成と称する一剣、拝見いたしたい」

「ほう、町道場の玄関番が鑑定するというか」

「それがし、三宅道場の玄関番にして、筆頭師範石動精次郎重正でござる」

と名乗って、にやりと笑った。

「されどいまひとつの身分は豊前小倉藩十五万石譜代小笠原家大坂藩邸の番頭にござってな、小倉城下では武具奉行を務めておった」

と素姓を明かし、

「一剣を拝見致したし」

と改めて願った。すると助八郎も、

「毛利助八郎と申す」

とだけ名乗った。

薩摩島津家を筆頭に西国の外様雄藩の公儀見張り役を務める譜代小倉藩と外様佐伯藩ではまるで家格が違った。

ふうっ
と唸った毛利助八郎は古備前友成を腰から抜いて差し出した。両手で受け取った石動がしばし拵えに目を凝らし、

「豊後佐伯藩は書物の収集で知られておるが、かような一剣をも所蔵しておられたか」

と呟いた。

懐紙を出して口に咥えた石動が古備前友成の鞘を静かに払い、刀身を凝視した。

長い無言の時が流れて、再び鞘に納められた。

さらに沈黙が続いた。

「お返し申す」

と石動が毛利助八郎に友成を差し出した。

「そなた、最前毛利助八郎と名乗られたな。佐伯藩毛利家の縁戚かな」

と質した。

「妾腹ながら先代の藩主毛利高誠の三男にござる」

と助八郎も正直に応じた。

しばし沈思していた三宅道場の筆頭師範の石動精次郎が、

「毛利助八郎どの、五十金と古備前友成をかけての立ち合い、一日だけ猶予を呉れぬか。道場主三宅八左衛門の留守にそれがしが勝手に受けるわけにはいかぬでな」

と願った。

助八郎が嘉一郎を見た。

こくり、と嘉一郎が頷いた。

二

ふたりは三宅道場の表門を出てこの道場を紹介した船問屋難波天満屋の方角へと歩きだした。無言だった。

自分たちの身許を告げたが、すべては明日に持ち越しになった。

どれほどの間、あてどなく歩いたか。

「ご両人、お待ちなされ」

との声が背で聞こえて、バタバタと足音がした。

ふたりが振り返ると稽古着姿の、三宅道場の門弟と思しき若侍が追いかけてきて、

「道場と関わりのある旅籠(はたご)にご案内します」

と声を掛けてきた。

嘉一郎と助八郎は足を止めて、しばし顔を見合わせた。

「われら、いささか事情がござってな、宿には泊まれぬのだ」

と嘉一郎が若い門弟に応じた。

「いえ、ご心配もなくそれがしが案内する旅籠に泊まって下され。ええ、三宅道場の師範石動精次郎様の命にございまして、旅籠賃は明日の立ち合いにお勝ちになったうえで、そこから支払えばよいとのことです」

「われらが勝つとは言い切れまい」

と嘉一郎が返事をした。

「はい、その折りはこちらのお方が差しておられる古備前友成をしばらくお預かりするとの師範の言葉です」

「ううーん」

と嘉一郎は唸って毛利助八郎を見た。

「嘉一郎、よいではないか。せっかくの筆頭師範どのの厚意、明日の立ち合いのちに、返せばよいではないか」

と助八郎が言い放った。

「助八郎様、われらが勝つとは言い切れませんぞ」

と嘉一郎が繰り返して言った。若い門弟の言動から察して、

(三宅道場の力恐るべし)

と考えていた。

「いや、勝たねばならぬ。われら、これ以上の苦境に陥りたくないでのう」

と助八郎が平然として言い放った。

しばし沈思していた嘉一郎はちらりと三宅道場の若い門弟を見た。すると、

「それがし、三宅文弥(ふみや)です」

と名乗り、

「勝負は時の運、との言葉を石動師範はしばしば申されます」

「三宅どの、われら、三宅道場のご厚意に甘えたくないのです」

との嘉一郎の返答に助八郎が、

「嘉一郎、われらが勝てばことが済むわ。旅籠賃くらい、その折り倍払いに致そうではないか」

と気楽な口調で言い放った。

「助八郎様に改めてお聞きします。明日の立ち合い、そなた様はどうなさるお積りですか。われら、たった二人ですぞ。」

と嘉一郎は質した。

「しっかりせぬか。それがしは豊後でも名うての弱虫ワの字じゃぞ。それがしが

明日の道場破りに出てみよ、佐伯藩毛利家の名折れじゃぞ。となれば、残るはそなた一人だけじゃ。道場破りを行うのはそのほう神石嘉一郎よ」

「それがし、道場破りなど致したくございません。三宅道場の門弟衆にそれがし一人で太刀打ちなどできませぬ」

「そなた、武者修行を為すために豊後を出てきたのであろうが」

「まあそういうことです」

「嘉一郎、戦国乱世が終わって二百年余、実戦を体験できるのは道場破りの他になんぞあるか」

「思いつきませんな」

「では、そのほうに仇討ちの相手などおるか」

「仇討ちですと。父は他界し、母も国許の佐伯城下に残してきました。さような者に仇討ち話など無縁です」

無茶苦茶な話を口にしていた。

「となれば嘉一郎、道場破りこそ武者修行の極みではないか」

嘉一郎より四歳年下の助八郎はなんとも口先が達者だった。

「ワの字、いやさ、若様、道場破りなど、それがしが考える武者修行には指先ほどもありません。ましてや三宅道場をご覧になったでしょうが。われらふたりだけで三宅道場の猛者連相手に道場破りなど烏滸がましゅうござる」

「嘉一郎、立ち合いはそのほう一人じゃぞ」

「さような道場破りなどさっぱりと忘れて、三宅道場に仮入門して稽古をさせて頂くのが宜しゅうございますな」

「嘉一郎、仮入門じゃと。かような仕儀に陥った曰くを忘れたか。われら、三宅道場で稽古を為す金子どころか、今夜の飯代もないのだぞ。まずは三宅道場の知り合いの旅籠に一夜世話になろうではないか。それがし、腹が空いたわ。そうだ、その宿、酒を頼んでもようござろうか、文弥どの」

平然として助八郎が話柄を変えた。

ふたりの問答を聞いていた三宅文弥が必死で笑いを堪えていたが、ついに吹き出した。

「三宅どの、可笑しゅうござるか」

「失礼しました、神石様」

と詫びた文弥が、

「わが道場の筆頭師範石動精次郎は人を見る眼を持っておられます。その師範に、あの両人、どのような関わりか確かめて参れ、と命じられて、おふたりのあとを追ってきました。そうか、神石様は佐伯藩のご家臣ですか。一方、毛利助八郎様は藩の御曹子(おんぞうし)でしたか」

「もはや察しておられよう。御曹子というてもそれがし、妾腹でな。若とは呼ばれず、ワの字とか、兄ふたりのヒカエと呼ばれるのが嫌になってな、なんとなく旅をしたいと思うていたのだ。そんな折に嘉一郎が脱藩せざるを得なくなったと聞いて、これはしめたと思うたのだ。それがしひとりの旅は不安でしょうがないが、嘉一郎といっしょならば心強いと、嘉一郎の乗る船に先乗りしていたのだ」

　助八郎が若い文弥に分かるように説明した。

「およそ事情は察せられました。で、神石様は、明日、三宅道場に戻られて立ち合いをなさるお積りですか」

「文弥どの、そなた、道場主の関わりのお方ですか」

　と嘉一郎が質した。三宅という姓から思い付いたのだ。

「道場主は叔父です」

「やはりさようでしたか。三宅道場で立ち合いなど滅相もない。それがし、稽古が出来ればそれでよいのですが、なにしろわれら一文なしでして、かような仕儀に陥りました」

「ならばまずそれがしが案内する旅籠に泊まられてひと晩おふたりでとくと話し合われませんか。石動筆頭師範は、おふたりに関心を持っておられます。立ち合いとか道場破りとか考えずに明日道場にこられてわれらといっしょに稽古を致しませぬか」

と三宅文弥が言い出した。

「文弥どの、石動師範はだれにでも関心を抱く御仁ですか」

と助八郎が聞いた。

「うちの道場に道場破りに来る御仁はまずおりません。おふたりは三宅道場の力を軽んじたかどうか、道場破りに来られた」

「文弥どの、軽んじたわけでは決してござらぬ。もはや真意は察しておられましょう。それがし、稽古が出来れば万々歳でござる」

「嘉一郎、われら一文なしじゃぞ。わが古備前友成と五十両の金子をかけて勝負せざるを得なくなった曰くを忘れたか。稽古代などないぞ」

「毛利助八郎様、うちの道場の長屋に滞在して稽古なさる分には金子など要りませんぞ。どうですね、しばらく道場で稽古を致しませんか。それがしが思うに助八郎どのの技量はそれがしとちょぼちょぼ、いい勝負でしょう」

　しばし間が空いた。

　三人はゆっくりと歩いていた。

「うう一ん、一文なしで道場に厄介になるか」

　と助八郎が呻った。

「石動師範は神石嘉一郎様の力を見てみたいと言われております」

「うむ、それがしの力を石動師範、買い被っておられます」

「いえ、石動師範の眼力はなかなかです。きっと神石様のご流儀を知りたいのだと思います。ともあれ、今晩ひと晩、話し合われて明日三宅道場に戻ってくるもよし、どこぞ別の地に武者修行に行かれるもよしと申されています」

「それがし、稽古がしとうござる。船問屋難波天満屋の番頭がわれらに教えてくれた二天一流三宅道場で汗を流しとうござる」

「お待ちしております」

　と応じた文弥が足を止めた。

「こちらが本日のおふたりの宿です。旅籠代のことなど気にせずにお泊まり下さい」

堀端にある旅籠は老舗を思わせる佇まいだった。

「ご免」

と敷居を跨いだ文弥を番頭と思しき初老の奉公人が迎えた。

「おや、文弥様、珍しゅうございますね。文弥様自ら客人を案内してこられましたか」

と番頭が外に立つ嘉一郎と助八郎の両人を見た。助八郎も中に入ろうとしたが、

「助八郎どの、お待ちなされ」

と嘉一郎が止めた。

「なんだ。嘉一郎。案内人の文弥どのに従ってはならぬか」

「文弥どのと番頭の話が済んだあと、敷居を跨ぐのが礼儀ですぞ」

「なに、浦まわりにはさような仕来りがあるか」

「佐伯藩の浦まわりの話ではございません。天下の台所、大坂にある老舗です。われらの立場をお考え下されよ」

「ふーん、嘉一郎め、えらい苦労を強いられてきたようだな」

「佐伯藩の浦まわりですぞ。あちらに気を遣い、こちらに頭を下げる暮らしでしてな」

「なに、なに、三神流の隈道場の猛者にして豊後一の遣い手がさような日々を過ごして参ったか」

「戦国の乱世ではございません。少々刀が使えても何の役にも立ちませんぞ。ただ今は商人方が世の中を動かしております。とくに大坂は商いの都です、言動には注意が要りましょう」

「旅に出れば勝手な振る舞いができるかと思うたが、そうはいかぬか」

「われらが武士という立場を忘れてくだされ」

と言った嘉一郎は番頭と話す文弥がすぐにふたりを呼ぶ様子がないと察して、

「若様、お願いがございます」

「ほう、そなたが若様などと呼びおったか。なんぞ曰くがあってのことか」

「若様と呼ぶのはこれが最後です。それがしが願っておるのは、毛利助八郎どのが佐伯藩毛利家の三男ということを忘れて下されということです」

「それがしの細(ささ)やかな自負、身分を忘れよと申すか」

「大坂、京、さらには江戸を訪れたとして、佐伯藩毛利家三男の出自などなんの役にも立ちますまい。ならば最初から浪々の士、毛利助八郎として生きていかれることが、後々助八郎様に力を授けるような気がします。それがしの申すことお分かりでしょうか」

との嘉一郎の言葉に沈思していた助八郎が頷き、

「そなたの言葉に従おう」

と約定した。だが、表情にはなんとなく得心しておらぬ様子が漂っていた。

そのとき、文弥がふたりを手招きした。

「ただ今参ります」

と応じた嘉一郎が腰の波平行安を抜くと右手に携えた。その動きを助八郎も見倣った。

「こちらが毛利助八郎様、もう一人が神石嘉一郎どのです」

と引き合わせた文弥が、

「旅籠伊勢辰の番頭、五十蔵さんです」

とふたりに紹介した。

五十蔵が助八郎の絹地の旅装束を見て、さらに手にした一剣に視線を移すと独り首肯した。そして、嘉一郎には眼差しさえ向けなかった。

「それがし、道場に戻ります。宿代は道場の支払いということで話が通ってございます。なんぞお尋ねになりたいことがございますかな」

とふたりに聞いた。

「ござらぬ」

と答えたのは助八郎だった。

首肯した文弥が、それではこれにて、と番頭に言い残して旅籠から表に出ていこうとした。その文弥を見送る体か、嘉一郎がいっしょに表に出た。

「三宅文弥どの、あれこれと気遣い有り難うございました。明日、何刻に朝稽古は始まりますか」

「朝七つ半（午前五時）時分には主だった門弟衆が集まります」

「それがし、朝稽古に参加してようございましょうか」

「わが道場では稽古したいと申されるお方を拒むことはございません」

「有難い。それがし、必ずや朝七つ半前に参る所存」

「お待ちしています」

と旅籠伊勢辰に背を向けた文弥に嘉一郎は従った。

「見送りは要りませぬ」

と行きかけた文弥が足を止めた。

「なんぞ尋ねたきことがございますかな。いや、五十両と古備前友成をかけた立ち合いについてですね」

「いかにもさようです」

「神石様はどうするのがよいと思われますか」

と改めて質した。

「朝稽古を許された道場でそのあと、五十両や古備前友成をかけた立ち合いなど致したくありません。そのことをどう思われますか」

文弥が嘉一郎を正視した。

「無益な所業ですね。それも強く願っておられるのは毛利助八郎様おひとり」

「いかにもさようです」

と互いの思いを確かめ合った。

「神石どの、この立ち合いを道場主の叔父は認めますまい。いまや筆頭師範の石動精次郎もなんとなく毛利助八郎様の愛刀古備前友成に関心を寄せて話に乗ってしまわれたことを悔いておられるように見えます」

「となればわが同行の毛利助八郎を説得して止めさせればよきことですかな」

「毛利様は先代藩主の御曹子でしたね。毛利様と同じ年頃のそれがしが申すのもなんですが、神石どのは説得できますか」

「戦うのはそれがしです。道場に行かなければよい」

「さようなことができますかね」

と繰り返し文弥が念を押した。

「文弥どの、最前の問答でわれらの立場をおよそ察せられましたな。それがし、なぜ、藩を脱けなければならなかったかについて説明致します」

と前置きした嘉一郎は、浦まわりなる徒士並の務めに際して、運上金を胡麻化したと上役らに密告されて脱藩せざるを得なくなった経緯を手早に告げた。

「神石どのはさような咎を犯しておられないのですね」

と文弥は質した。

「神仏に誓ってございません。それがしを信じてくれた庄屋から、藩を脱けなされ、藩の目付がそなたを待ち受けておりますと言われて、五両の金子を頂戴し、その場で脱藩を決意したのです」

嘉一郎はゆっくりと歩きながらその貴重な五両も摂津大坂まで運んでくれた船長に差し出さざるをえなかった経緯まで説明した。すると黙り込んで聞いていた三宅文弥が、

「この一件、最初から毛利助八郎どのがなんらかのかたちで絡んでおりますね。

つまり独りでは旅に出る勇気のなかった毛利助八郎どのは、そなたを巻きこむことにしたのです。佐伯藩のなんとかいう浦に泊まっていた船に毛利どのが先に乗っておられたのは、神石嘉一郎どのの行動を承知していたからですよ」

「それがし、当初は偶さかかと思うておりましたが、やはりこちらの行動を承知していてのことでしょうか」

「そう考えるが至当です」

嘉一郎は即座に決心した。

「ならば、それがし、この場から改めて武者修行に出かけます」

「それがいい」

と言った文弥が、

「明朝、そなたの稽古ぶりを見られないのが残念至極です」

「いつの日か、必ずや道場に戻って参ります」

「そなた、路銀なしで大丈夫ですか。なにがしかなら都合できます」

嘉一郎は文弥を正視して礼を述べ、頭を下げた。そのうえで、

「それがし、幾たびか申しましたが徒士並なる下士です。どのようなことをしても生き抜く覚悟があります」

嘉一郎の言葉に、

「いつの日か再会しましょう」

と文弥が頷き、堀端で両人は左右に別れた。

神石嘉一郎が豊後国佐伯藩を出て、十日余が過ぎ文政三年も十一月に入っていた。

三

翌朝、三宅文弥は道場主にして叔父の三宅八左衛門達臣（たつおみ）と筆頭師範の石動精次郎の両人にふたりの道場破りについて、知り得るかぎりのことを語り聞かせることにした。

「なに、道場破りを為すという神石嘉一郎は、同行者をこの地に残して、独り武者修行の旅に出立致したか」

「無益な道場破りを為すより利口じゃな」

と道場主三宅八左衛門と筆頭師範の石動がまず言い合い、

「神石嘉一郎の上役にあたる、いや、藩主一門とかいう毛利助八郎ひとりが旅籠に泊まったのだな」

と石動師範が確かめた。

「それがし、道場に来る前、旅籠に立ち寄ってきました。毛利助八郎どのは未だ眠っておられました」

文弥が今朝の模様を告げた。

「なに、武者修行者がこの刻限までのうのうと眠っておるのか」

「師範、毛利どのは未だ神石嘉一郎どのがこの地からいなくなったことを恐らく知らないのです」

「そうか、神石嘉一郎は黙って去ったゆえ、なにも知らぬか」

と叔父が文弥に聞いた。

「昨夜、旅籠に独りになった折り、助八郎どのは酒を頼んだそうで、神石嘉一郎どのが戻るのを待ちながら酒を飲み、旅の疲れもあってか、三合ほどの酒に酔っぱらってお寝(やす)みになったそうです」

他藩の出身の武者修行者に対して失礼な言い方にならぬよう気を使いながら、文弥はこう述べた。

「なんと旅籠代も持たぬ者が酒を頼んで飲みおったか。うちはこやつの酒代を無益に支払うことになるのか」

と石動師範が呆れ顔で言い放った。

「旅籠には毛利どのの行動を伝えるよう言い残してきました」

「呆れ果てた武者修行者じゃのう。そやつ、どうするつもりか」

「さあて、その者が古備前友成なる佐伯藩の家宝の刀を携えておるのです」

と三宅八左衛門と石動精次郎が言い合った。

「もはや毛利助八郎どのがうちの道場に参り、五十両と友成をかけての立ち合いなどなすことはありますまい」

文弥が言い切り、

「また覚悟して独り武者修行に出立した者が戻ってくることもあるまい」

と八左衛門が応じた。

「師匠、それがし、神石嘉一郎の剣術の技量を見てみたいと思うておりました。この者、なかなかの技量と推量致しました」

と石動が言うと、

「残念ながらどうでもよき人物が残りおったわ」

八左衛門が苦々し気に吐き捨てた。

「師匠、それがし、どうでもよき御仁の携えた古備前友成が気になって愚かな欲気を出したのが事の起こり、申し訳なき次第です」

と石動精次郎が道場主に改めて詫びた。

朝稽古が始まって一刻（二時間）も経ったか。

文弥がふと道場の玄関を見ると毛利助八郎が佇んで稽古を見ていた。旅籠には事情を言い残してきたかどうか、どうやら神石嘉一郎が道場にて朝稽古でもしていると考えている風情だった。

「毛利どの、どうなされた」

と文弥が尋ねると、

「おお、そなた、三宅どのであったな。それがしの連れはどうしておるか、朝稽古はしておらぬようだが」

「旅籠の番頭から事情を聞かれませんでしたか」

「うーむ、旅籠代も持たぬでな、まずは嘉一郎と相談しようと」

「旅籠には黙って出てこられたのですか」

「致し方ないではないか」

と助八郎が言い放った。その言動を見た文弥は、

「神石嘉一郎どのは朝稽古には見えておられませぬ」

「どういうことだ」

との助八郎の困惑顔に、

「毛利どの、とくと聞きなされ。神石嘉一郎どのは昨日独り旅立たれましたぞ」

と宣告するように伝えた。

しばし間を置いた助八郎が、

「独り旅立ったとはどういうことか」

と文弥に問い直した。

「むろん武者修行です」

「なに、武者修行だと。それがしに相談もなしか。いささか話がおかしいではないか、真に道場におられぬのか」

「ご覧のとおりおられません」

「それがし一人でどうしろと言うのだ」

まるで文弥の責任かのような口調で呟いた。

「さあて、当道場は与り知らぬことです」

文弥の言葉に初めて呆然とした表情を見せた助八郎に、

「どうですね、稽古をしませぬか。毛利助八郎どのも武者修行の旅でござろう。ならばうちで稽古をするのも一興」

と文弥が追い打ちをかけるように言い放った。まるで上役のような口を利く助八郎が苦手、いや、嫌いだった。それでわざと稽古をしてみないかと言ってみたのだ。するとあっさりと、

「それがし、剣術の稽古は嫌いでな」

と吐き捨てた。

「そなたも武者修行に国許を出てこられたのではありませんかな」

「それは頼りになる神石嘉一郎がいるゆえだ」

「それはお困りでしょうな」

「それがし、どうすればいい」

「と、聞かれましても他人の私、どうとも答えられませぬ。稽古なさるかどうかはお好きになされ。それがし、稽古に戻ります」

「ま、待たれよ。三宅どの、神石嘉一郎がそれがしを旅籠に残して旅に出たというのは真のことか。そのほう、戯言(ざれごと)を弄しているのではないか」

助八郎が念押しした。

「それがし、戯言をそなたに言う理由はなんらありませんぞ。昨夕のことです、神石どのは間違いなく旅に出られました」

「あやつ、路銀など持っておらぬぞ」

「はい、承知しています。ひとりならばどのようなことをしても、生きていけると言っておられました」

「嘉一郎はなかなかの剣術遣い、道場破りをなせば稼げような。だが、それがしにはさような技量はないぞ」

「と、申されてもそれがしにはなんとも答えられませぬ。そうだ、そなた、豊後佐伯城下にお戻りなされ。そなたは家宝と称される古備前友成をお持ちでしたよね」

と文弥が助八郎の腰の一剣を見た。

「嘉一郎がいないとなると、いよいよこの友成がそれがしの唯一の頼りになったわ。そいつを返せだと。父上になんと言い訳すればよい」

「泥棒が盗んでいった家宝を取り戻してきたとかなんとか申して、そなたの父御に差し出せばそれなりの待遇が待っておりましょう」

と言い残した文弥は稽古に戻った。

ふと、助八郎を見ると道場の板壁の下にへたり込んで呆然自失していた。

(厄介者ひとり、置き去りにされたか、厄介が増えたか)

と思った。

どれほどの時が過ぎたか。

「おおっ、嘉一郎」

と叫ぶ助八郎の喜びの声を聞いた文弥がそちらを見ると、昨夜のうちに摂津大坂を発ったはずの嘉一郎が道場の入り口に立っていた。なんということか。

これでは厄介の上塗りではないか。

「相すまん」

と稽古相手に断った文弥が嘉一郎の下に行くと、

「三宅どの、稽古をさせてくれませぬか」

と嘉一郎がいきなり願った。

「神石どの、こちらへ」

と助八郎の傍らから離して、

「そなた、独り武者修行の旅に出られたのではありませんか。まさか毛利助八郎様が気がかりになり、戻ってこられたのではありますまいな」

と質した。すると、

「いえ、それがし、こちらの道場で稽古をせず、武者修行を続けるのはどうかと思い直しましてな。まさか助八郎様が未だこちらにおられるとは考えもしませんでした」

しばし思案した文弥は時を稼ぐしかないと、

「ならば師範に願って神石嘉一郎どのに相応しい相手を指名してもらいましょう」

「いえ、それがし、まず迷惑をかけた文弥どのと稽古がしとうございます」

と思いがけないことを嘉一郎が言った。

「ま、待ってくだされ。それがしとそなたでは話になりません。助八郎様とちょぼちょぼの技量ですぞ」

「いえ、お相手を願えますか」

と嘉一郎はどんな意図か、熱心に文弥に乞うた。

そんなふたりの問答を安堵した体の毛利助八郎が見ていた。

そのとき、道場では百五、六十人以上の門弟衆が稽古をしていた。ふたりの問答が助八郎に聞こえるはずもない。

嘉一郎が腰の波平行安を助八郎に黙って預け、文弥の下へ戻ってくると、

「竹刀をお借りしたい」

と願った。

（妙なことになったな）

と思いながらも文弥は、長身の嘉一郎のために一本の竹刀を選んで渡すと、

「お手柔らかに」

と答えるしかなかった。

「文弥どの、ようございますか。それがしが道場破りと考え、決死の覚悟で立ち合いなされ。道場にはそなたしかおらぬと思いなされ」

というと両人は竹刀を構え合った。文弥は一応竹刀を構えて、

「参ります」

と自らに言い聞かせるようにいうと、正眼の構えから面打ちを振るった。

嘉一郎が文弥の面打ちを軽く弾くと、

「それではそれがしの面には届きません。しっかり踏み込みなされ」

と命じて自らも間合いを詰めると、文弥の胴へ竹刀を軽く振るった。

「うっ」

と思わず文弥が呻いたほど、軽く振るわれた竹刀は巻き付くように文弥の胴を叩いた。

なんとか文弥は打撃に耐えて、胴打ちを返した。

そんな両人の稽古を筆頭師範石動精次郎が見ていた。

神石嘉一郎と三宅文弥との間には大人と赤子の如く、力の差があることを立ち合い前から承知していた。だが、嘉一郎は、石動が考えた以上の技量の持ち主だった。そんな嘉一郎が文弥に教え諭すように竹刀を振るわせた。

（おお、あの者、文弥に立ち合いの呼吸と動きを教えておるわ）

と気付いた。

道場のあちらこちらから七人衆と呼ばれる高弟も含めて門弟たちが竹刀を揮う嘉一郎の手並みを見詰めていた。

嘉一郎は文弥の動きがぎくしゃくしてくると、稽古を止めてなにかを言い聞かせた。文弥は頷きながら助言と思しき言葉を熱心に聞いていた。

両人はふたたび打ち合いに戻った。

なんとも嘉一郎は教え上手だった。

稽古が一段落したか、嘉一郎は道場内を見渡した。道場の一角に筆頭師範の石

動精次郎の姿を目に留めると歩み寄り、

「筆頭師範、ご指導下され」

と願った。首肯した石動の、

「その前にお聞きしてよいかな」

との言葉に嘉一郎が頷いた。

「そなたがただ今稽古をつけていた文弥から聞いたが、そなた、武者修行に旅立ったのではないのか」

「いったんはひとりになって武者修行に出ようかと考えました。しかし国許の佐伯を含め、この摂津大坂の当道場がそれがしにとって最初の他流の剣道場ということに気付きました。この二天一流の剣術を知らずして武者修行に出るのは、なにか大事なことを見逃すことになるのではないかとそれがし、気付きました。そんなわけでこちらに戻ってきたのです」

嘉一郎の言葉に頷いた石動精次郎が、

「仔細は相分かった。だが」

と応じて、さらに言い添えた。

「そなたの技量だがな、筆頭師範のこの石動精次郎、残念ながら受け止め切れぬ。

歳をとり過ぎたというのは言い訳でな。指導と称して、若い門弟衆の業や動きに付き合い過ぎて、当のわし自身が、剣術家のなんたるか、一番大事な志を忘れてしまったのだ」

と正直な気持ちを告げた。

嘉一郎は石動精次郎の言葉を素直に受け止めた。すると石動が、

「その代わりというてはなんだが七人衆と稽古をしてみぬか」

と勧めてきた。

「稽古ですね」

「それとも立ち合いがようござるか。その折りはそれがしが判じ役をやらせて頂く。むろんわしではいかぬということであれば、別の者を立てよう」

「いえ、筆頭師範にお願いしとうございます」

「ならば、七人衆を呼びますぞ」

と言った石動精次郎が稽古着の襟に吊るしていた竹笛を手に取ると、ヒユッヒユッヒユッ、と吹いた。

すると稽古していた百数十人が一斉に動きを止めて、見所(けんじょ)の左右の板壁に下がった。だが、全員ではなかった。七人が道場のあちらこちらに残っていた。

嘉一郎は七人衆と称される高弟だろうと思った。それにしても七人のなかにひとりだけ短い木刀を手にした若い娘がいることに驚きを禁じえなかった。

「見てのとおり、歳は十六歳から四十二歳と幅広く、娘もひとり交っておる。最初に七人衆と立ち合おうとした西国の剣術家はな、大坂は剣術を遊びか芝居と考えておるかと大いに怒声を浴びせおったわ。だが、京大坂は芸事、遊び事が盛んとは申せ、力なき人士は選んでおらぬ。当道場にただ今入門しておる門弟三百七十余人から選ばれた七人である」

と嘉一郎の顔を見ながら石動が言い切った。

嘉一郎は道場のあちこちに残った七人衆を改めて見た。一見、筆頭師範の石動精一郎が言うように多彩な七人だが、それぞれが厳しい面魂(つらだましい)の持ち主だった。

「こちらの七人衆と立ち合った西国の剣術家はどうなりました」

「おお、そのことか、七人衆で一番年が若い者に肩口の骨を折られて、おそらく剣術家を辞めざるを得なくなったのではないか」

と石動が淡々と推量を含めて述べた。

脅しの言葉ではなく真実を告げていると嘉一郎は思った。すると、

「神石嘉一郎どの、そなたの技量が並みではないと承知しておる。どうだな、折

角独り旅から戻ってこられたのだ、当道場の七人衆と立ち合ってみては」

「ぜひお願い申します」

と応じた嘉一郎に、

「よいか、そなたならば立ち合えば七人衆それぞれの腕前は一瞬にして察せられよう。念のためだ、商人の町、大坂の剣術遣いがどのような人士か紹介しておこうか。それともそなた、七人衆など立ち合えば分かると申されるならば、それがしが無駄口を利くことはあるまい」

と言った。

「筆頭師範どの、最前も申しましたがそれがし、豊後を出て初めて訪れたのが二天一流の道場です。その道場の七人衆ご紹介下され」

と嘉一郎は願った。

首肯した石動が、

「一番手、荷船の見習船頭、康太十六歳。これへ」

と呼ぶと背丈五尺二寸ほどの若者が手造りと思える太い木刀を手に嘉一郎の前に歩み寄ってきた。近くで見ると背は低いがなんとも手足はがっちりとしていた。

「康太は道場の傍らに住んでおってな、三つの折から道場に出入りしておるで、剣術はそこそこに承知しておる」

と石動の言葉に、ぺこりと頭を下げた康太が櫓を木刀に手直ししたらしい道具を手に道場の中央に出ていった。

四

いきなり立ち合い稽古が始まるのだと察した嘉一郎に最前稽古相手を務めてくれた文弥が一本の木刀を手に歩み寄り、

「どうぞ、お使い下され」

と差し出した。

「お借りする」

と応じた嘉一郎を見て、

「神石様に私の忠言など烏滸がましいとは存じますが」

と囁いた。

「お聞きしよう。初めての土地ゆえなにも知らぬでな」

と笑みを浮かべた顔で願った。

道場にひとり立った康太が右手に持った手造りの木刀を振るう音が嘉一郎の耳に届いた。だが、嘉一郎は康太を振り向くことはなかった。

「康太は仕事柄、並外れて力が強いです。まともにあの者と打ち合うと木刀をへし折られます。それに手が痺れて稽古を続けられなくなります」

「おお、それはよきことをお聞きした」

と嘉一郎は答えた。

三神流隈道場にも力自慢の門弟はいた。ゆえにその対応は分かっている積りだったが文弥の忠言を有難く聞いた。

「文弥どの、そなた、康太どのとは稽古したことがござるか」

「とんでもない。あやつの木刀は折れた櫓を削って手造りした道具です。私など康太と打ち合うと手が痺れるどころか、手首を折られます」

と苦々しい表情で吐き捨てた。

「相分かった。せいぜい注意して立ち合おう」

と言い残した嘉一郎は見所の師範方に一礼すると康太の下へと歩み寄り、

「待たせたな」

と声を掛けた。

背丈は一尺近く差があった。が、低い康太の体付きはどこもががっしりとして目方は嘉一郎よりかなり重そうだった。それも鍛え上げられた筋肉はまるで戦国武将の鎧のように嘉一郎には思えた。

「文弥様からなにを聞いたか」

と康太が問い、

「そなたの五体は鍛え上げられて力が尋常ではなく強いゆえ、注意するように教えられた」

と笑みの顔で返答した。

「おれ、船頭だ。力しか道場で自慢できるものはない」

と言った康太が、いざ、となんとも太い木刀を構えた。

頷いた嘉一郎は定寸の木刀を静かに正眼の構えに置いた。

その瞬間、対峙の間もなく康太が手に馴染んだ櫓造りの木刀を振り上げて踏み込んで、いや、突進してきた。

一瞬にして間合いが縮まり、木刀とがっちりとした体が嘉一郎を吹き飛ばす勢いで迫った。

嘉一郎は正眼の構えのまま、その場を動かず康太の動きを見ていた。太い木刀の動きよりも康太の突進を見つつ、すすっ、と康太の左側へと身を戦(そよ)がせた。それは対戦者にも見物人にも動きを感じられない移ろいだった。

　佐伯藩の隈道場で教えられる独特の「躱(かわ)し」だった。

　佐伯藩三神流の指導者隈恒忠は、嘉一郎が十三歳の折り、成人組に昇進することを許した。

「よいか、嘉一郎、当流は攻めよりも躱しを大切と考える。分かるか」

「師匠、躱しとは守りと考えてようございますか」

と問う嘉一郎の言葉には不満が込められていた。

「若いそなたには守りの剣術は不満か」

「攻めて攻めぬいて相手を守りに追い込むのが勝負の第一義ではありませんか」

「そなたは十三歳にして攻めの剣術で成人組に昇進することになったのは確かじゃ。そなたは剣術の天分が生れたときより備わっておるゆえ、その天分を伸ばすよう指導してきた。だが、当流の神髄は『躱し』にあると代々伝えられてきた」

「師匠、攻めの剣をとことん修行することで、躱しと呼ばれる守りの業など必要なくなるのではありませんか。それがし、出来ることなら攻めの剣法を学びとうございます」

「若いうちは攻めの剣術もよかろう。嘉一郎がこののち、何年も三神流の修行を積んだ折、そなたの考えが変わるやもしれぬ、としかいまのわしには言えぬ」

と隈恒忠が言った。

「それがしの攻めの三神流が躱しの剣術へと変わるとは到底想像もできませぬ」

「嘉一郎、攻めから躱しの剣術に変わるのではないわ。守り、当流では躱しと呼ぶが、攻守が調和した折、三神流の剣術は完成するということだ。つまりそなたの、神石嘉一郎の剣術も完成するのだ」

「攻めと躱しの調和した剣術に達するには長い歳月を要しませぬか。それがし、攻めを偏(ひとえ)に修行することで三神流を完成させとうございます」

と十三歳の嘉一郎が執拗に願った。

「いや、そなたは意外に早く三神流の躱しの神髄を会得するやもしれぬ」

と師匠が嘉一郎の頑なな考えを解きほぐすように言った。

その言葉を沈思した弟子が、

「師匠、三神流の躱しの神髄とはどのようなものですか」

と質した。

「わしは亡き父より躱しの神髄を『人の動きに非ず。春風の如く気となって戦げ』と教えられた」

師匠の言葉を熟慮した。

嘉一郎は初めて躱しなる防御の業に注目した。

「わが父が死の床で、『どうだ、躱しを会得したか』と問われたわ。わしは首を振って、『父上、才も修行も足りず、未だ』と答えると、『躱しの神髄を会得したかどうかを知るは当人のみ』と答えられたわ」

「師匠はいくつの折りに躱しを身に着けたと感じられましたな」

「わしはそなたのような才気はない。ゆえに愚鈍にも三十歳を前にしたときだ。未明一人で真剣を振るっておるとき、それがしの五体が道場の薄闇とひとつになっているようでな、その瞬間、『これが三神流の躱しか』と察したのだ」

「三十歳までには十七年の歳月があるな」

と不満げに嘉一郎は呟いた。

「そなたはわしより才気に秀でておるで、もっと早くに躱しを悟ろう」

「それにしても何百日も何千日もの修行が私を待ち受けておる」

と嘉一郎は不満げに独語した。

隈恒忠が穏やかな眼差しを嘉一郎に向けていた。

「躱しの神髄を察するのは当人、それがしだけですか」

「嘉一郎、いかにもさようじゃ。当隈道場で十三歳にて成人組に昇進したのはそなたが初めてじゃ。三神流の奥義の躱しをいつの日か会得しよう」

と淡々と漏らしたものだ。

師匠と三神流の奥義についての問答を交わした日からどれほどの歳月が過ぎたか。とあるとき、

(ううーむ、なんだ、この動きは)

と思った。

自らの意思で体を動かしているのではなく、独り稽古する道場を支配する気と溶け合って五体があると感じたのだ。

二十歳を前にした冬の終わり、未明のことだった。師から躱しのことを教えられて六年か七年が経った折りだった。

昔を振り返る嘉一郎に向かって、木刀を振り下ろしつつ康太が突進してきた。嘉一郎の五体が風になって戦いでいた。康太から見れば不動の嘉一郎がそこに

厳然と居たはずだ。空を切らされた康太は、

（あれれ）

という怪訝な表情をみせたあと、

（あいつ、逃げおったぞ）

と思った。

一瞬後には険しい顔付きで突きの構えに替えた。康太が怒りに駆られた折りに無意識にとる行動だった。

嘉一郎と康太は一尺近く背丈に差があった。太い木刀の先端を突き上げるようにして踏み込んできた。

嘉一郎は、尖ったような突きを避けることも弾くこともなくただ立っていた。

（しめた）

という表情を浮かべた康太の体が、次の瞬間、木刀を手にしたまま虚空に舞って道場の床に転がっていた。

（ああ、なにが起こった）

転がった康太が不動の嘉一郎を見て、その気持ちを顔に表した。すると判じ役を務める筆頭師範の石動精次郎が、

「康太、独り相撲か」

「師範、相撲などとっておらんぞ」

「おお、勢い込んだ康太が勝手に床に転んだだけだ。剣術とはどういうものか、教えてもらったか。神石どのに礼を申せ」

と石動に言われた康太が師範の言葉を理解したとも思えなかったが、道場の床に胡坐(あぐら)を掻いて首を捻(ひね)った。そして、

「嘉一郎はん、おおきに。えろうすんまへんな。勝手に転んでしもうて」

と道場ではふだん禁じられている大坂ことばで言い、

「おれ、どないしたんやろか」

と自問した。

「康太さん、そなたの木刀をまともに受けたくなくて、あのような真似をしました」

「あのような真似いうても、神石さんは立ってはっただけやのに、おれはふっ飛んでもうた」

「康太、神石どのの言葉の真意をとくと思案せよ。このことが康太の剣術が一段と進歩するかどうかの境目である」

と師範の石動は康太に諭すと向きを変え、

「七人衆、二番手松木弥之助」

と叫んだ。

すると嘉一郎の下に文弥が竹刀を手に歩み寄り、

「松木様は木刀稽古より自在に打ち合える竹刀稽古をお望みです」

と木刀と竹刀を交換した。

嘉一郎がなにか言いたげな文弥の顔を正視した。首肯した文弥が、

「松木弥之助様は彦根藩井伊家三十万石の大坂蔵屋敷にお勤めです。国許から送られてきた年貢米を商人に売って金子に替える仕事です。商人との付き合いもあり、如才ないお武家様と思われがちですが、当流のみならず念流兵法のなかなかの遣い手です。歳は二十六歳、当道場に十数年通っておられます。それがし、入門の折り、弥之助様に稽古をつけてもらいました。実に優しい教え方でした。でも、それ以来、お呼びがかかりません。どういうことでしょうか」

「松木様はちゃんとそなたの稽古ぶりを見ておられます。いつの日か、必ず声がかかります」

との嘉一郎の言葉に文弥が、そうかな、と言った顔付きで、

「木刀での稽古も時になさいますが、大坂の商人との付き合いのせいか、怪我にはひと一倍気をつけておられます」

と言い添えた。

嘉一郎は文弥のお節介は道場主の三宅八左衛門の命かと思った。

「有難い」

と答えた嘉一郎は竹刀を手に松木弥之助を待ち受けた。

当人は竹刀を手に悠然と体を動かしていた。その傍らには三宅道場の門弟と思しき人物がいて、何事か松木に告げていた。

どうやら七人衆の側にも文弥の役割を為す若い門弟がついていた。

道場主の三宅八左衛門は対戦する両人に等しく身分や人柄や剣術の流儀を伝えさせていた。

背丈は五尺七寸余、均整のとれた五体をしていた。

嘉一郎は道場に正座すると瞑目して松木の登場を待った。

それなりに長い間があって、

「お待たせ申した」

と声がして嘉一郎が両眼を開くと松木弥之助とは異なる人物が立っていた。

会釈をして立ち上がった嘉一郎に、

「それがし、押金博士泰全と申す」

と名乗った。

中肉中背の体付きで七人衆のなかで一番特徴のない印象の人物だった。

「それがし、神石嘉一郎です」

「西国佐伯藩のご家臣とか」

「いえ、いささか事情が御座いまして脱藩致しました。ただ今は浪々の身の上です」

「ほう、脱藩ですか。このご時世に勇気ある所業にござるな」

「勇気もなにも追い出されましたので」

「冗談を」

「冗談ではござらぬ」

と応じた嘉一郎は、

「それがしの勘違いにござろうか。七人衆の二番手は、彦根藩井伊家の松木弥之助様と聞かされておりましたが、なんぞ不都合が生じましたかな」

と質してみた。

「おお、そのことですか。それがしも驚きました。三番手と思い、暢気にしていたところ、松木弥之助どのがふいに腹下しを催されたとか。なぜかそれがしに二番手が命じられましてな。最前までお元気のように見えましたがかようなことが起るのですね」

「腹下しでござるか。そなた様が申されるように最前までさような様子は一切感じられませんでしたな」

「それです。それがしも訝しく思っております。なにしろ彦根藩井伊家という名家のご家臣、それがしのような浪々の身の前座を務めるのは嫌なのではござるまいか」

と言った。

嘉一郎は押金も浪々の士であったことに驚いた。

言い合うふたりに判じ役を務める石動が、

「ご両人、問答は後ほどなされ。ただ今は立ち合いのさなかにござる」

と口を挟んできた。

「おお、申し訳ござらぬ」

と詫びた嘉一郎に、

「それがしも七人衆の順番が変わったとは知らされておらぬのだ」

と石動が漏らした。

「なに、筆頭師範どのもご承知でない。となると見所におられる彦根藩井伊家の御用人どのの指図かのう」

と押金が言い放った。

「ともあれ、打ち合いをなされよ」

とさらに苦々しい顔付きの石動精次郎が命じて、押金と嘉一郎の両人は気持ちを切り替えて対峙し、構えをとった。

一瞬後、嘉一郎は両眼を瞑ると一旦散じた闘争心と集中心を取り戻そうとした。むろん押金が竹刀を振るっても致し方ない状況だ。だが、嘉一郎は、勝ち負けは別にして乱れた心のまま立ち合いをしたくなかったのだ。ところが押金が攻めてくる気配は感じられなかった。

どの程度の時が流れたか、嘉一郎が両眼を開こうとしたとき、

「ご両人、よろしいか」

との言葉が師範からかかり、相手の押金も同じことを考えたか、瞑目していたことに嘉一郎は気付かされた。

眼を開いた両者は正眼で構え合った。

直後、押金が踏み込んできた。

その踏み込みを見ただけで本式な剣術だと思った。一拍遅れた嘉一郎も前に出つつ、押金の面打ちの中心を外しながら躱した。

それがきっかけで両人は攻守を交代しつつ打ち合いに入った。

嘉一郎は押金の衒いのない攻めを受け、自らも竹刀を揮った。

どれほど両人の打ち合いが続いたか、嘉一郎は押金の動きが鈍くなったことを感じて、竹刀を止めた。

「おお、神石どの、察せられたか。恥を掻かずに済んだ。とはいえ、互角と思し き打ち合いは最初の間だけでしたな。あとは若いそなたがそれがしに合わせてくれた。判じ役を務める筆頭師範どのは、今少し早めに止めてもようございませんか」

と押金が石動に注文をつけた。石動は、

「押金どの、よう頑張られたわ。それがしだがな、神石どのとの立ち合いを避けて判じ役に逃げたのよ」

と言ってにやりと笑った。

「筆頭師範、当道場の七人衆、残るは五人ですぞ。だれぞが神石どのと互角に打ち合えるかのう」

とすでに対決の済んだ押金がほっとした表情で言った。

「ううーん」

と唸った石動が残る五人を見て、

「神石どの、どうしたものかのう。このまま立ち合いを続けてよいものか」

と嘉一郎に質したものだ。

第三章　立ち合いか否か

一

　二天一流の三宅道場の高弟、七人衆との立ち合いは、一番手の康太、そして二番手となった押金博士泰全のふたりのあと一旦中断した。しばし道場主三宅八左衛門達臣と筆頭師範石動精次郎が見所で話し合い、

「神石どの、いささか事情がござって、三宅道場の七人衆との立ち合い、ふたりで終わりにしてもらえぬか」

　と石動精次郎が嘉一郎のそばに来てまず告げた。

　嘉一郎は七人との立ち合いの途中でどうして終わりにするのか、真意が理解ができなかった。ゆえに返事をするべきかどうか迷っていた。

「かような立ち合いで一方の側が中止してくれと願うとき、もう一方の勝ちとお考えになって一向に差し支えなし。ゆえにそなたの路銀をお支払い致す」

なんとも訝しくも寛大な申し出にどう応じるべきか嘉一郎がいよいよ迷っていると、

「かような談判は、それがし、毛利助八郎が承ろう」

と助八郎が口を挟んだ。

嘉一郎は近ごろ嘉一郎の主だと言わんばかりの言動を見せ始めた助八郎の差し出口に苦々しく思っていると、

「まずわが家臣神石嘉一郎一人と三宅道場七人衆の立ち合い、一対七という不平等を快くわれら受け入れ申した。このこと、三宅道場はとくと思案なされよ」

と見所にいる道場主の三宅八左衛門を睨むと、傍らに立つ石動精次郎に視線を移して、

「ともあれわが腰の一剣、古備前友成と五十両をかけた立ち合いは、ただ今、三宅道場の筆頭師範が認められたように神石嘉一郎の勝ち、三宅道場の負けでござる。石動どの、約定の五十両をまずお支払い下され」

と毛利助八郎が一気に捲(ま)くし立てた。

嘉一郎がようやく助八郎の節介を手で制して、

「助八郎どの、それがし、神石嘉一郎と三宅道場の七人衆の立ち合いは稽古にござる。新たな事情が生じての中絶も、当人のそれがしが了解した。そなたが口出しする場ではない」

と抗った。

「嘉一郎、生死を賭けた立ち合いという言葉の解釈を曖昧にしてはならぬ。それがしが携える古備前友成は、並みの刀ではないのだぞ。三宅道場の五十両をかけた立ち合いの約定は、未だ生きておる」

「いえ、助八郎どの、道場破りが如き勝負を嫌ったそれがしが一旦大坂を離れようとした昨日の時点で、すべての約定は消えており申す」

「ならば、最前催されたそのほう一人と三宅道場の立ち合いはなんだ」

「助八郎どの、それがしが三宅道場に戻って参ったのは、三宅道場の二天一流の剣術の教えを乞いたくてのこと。そなたが昨日、勝手に声高に叫ばれた道場破りうんぬんとはなんら関わりなし。重ねて申しますが七人衆との立ち合いはそれがしの武者修行の一環、稽古にござる」

と言い切った。

「嘉一郎、七人衆の残り、五人と明日にも立ち合う気か」

「それはござらぬ、先程石動どのがこれにて打止めと申された」

と嘉一郎と助八郎の考えが対立しているのを見て、

「ご両人、しばしそれがしの考えも聞いてもらえぬかのう」

と三宅道場の筆頭師範の石動精次郎が問答に加わった。

「なんだな、筆頭師範どの。われら二人の話し合いにそなたが口を挟むなど無作法であるぞ、控えておれ」

と助八郎が言い放った。

「毛利助八郎と申されたか。そなた、ただ今どこにおられるか考えられよ。この場は剣術を愛好する者が集まる道場でござる。そなた、わが道場の門弟のひとり、三宅文弥に『剣術の稽古は嫌い』と言われませんでしたかな、そのようなおかたがどのような料簡でわが道場に立ち入っておるのか」

と石動が応じて、

「おのれは言葉の一端を取り上げて御託を抜かしおるか。さようなことは大坂の商人のなすこと、武士の作法にあらず」

と助八郎も抗う言辞を吐いた。

「大坂は西国の佐伯藩の武家方とは大いに違っておりましょうな、当道場はご覧のように浪人もおれば、商人もまた船頭が如き力仕事の者もおります。郷に入れば郷に従えでござる」

石動師範も強かに言い返した。

「おのれは約定の金子を払うのを嫌い、さような理屈をこねよるか。よかろう、ならば、それがし、読売なんぞに三宅道場の非道を書き立てさせるわ」

「面白うございますな。大坂の読売がそなたの言辞を取り上げるとしたら豊後国佐伯城下の頑なな考えを茶化してのこと、大坂では面白おかしい話でないと通用しませんぞ。佐伯藩の大坂蔵屋敷の者が知ったら、だれがかような読売を書かせたかと怒り心頭でしょうな、ああ、そうだ、そなた様は大坂に参られ、あちらにご挨拶に行かれましたかな」

と石動が毛利助八郎の腰の古備前友成を見ながら言い放つと、

「それがしは佐伯藩の先代藩主の三男であるぞ。なぜ跡継ぎの一人たる毛利助八郎が蔵屋敷の家来の下へ挨拶に行かねばならぬ」

と古備前友成の柄に手を置いて応じた。

「跡継ぎと申されても妾腹……いや、部屋住みと聞いておりますがな」

「おお、それがどうした。跡継ぎのひとりであることに変わりはないわ」

と助八郎が居直った。

「部屋住みのそなた様が家宝の刀を携えておられることを蔵屋敷の家来衆は承知でしょうな」

「なぜ、蔵屋敷の家来どもに友成がわが腰にあることを告げねばならぬ」

「失礼ながら家宝と呼ばれるもの、どこの大名家でも嫡男に渡るものではございませんかな」

と石動が言った、そのとき、

「師範」

との大声が響き渡った。

腹下しを起して嘉一郎との立ち合いに出てこなかった彦根藩井伊家の家臣にして三宅道場の高弟、七人衆のひとり松木弥之助が真っ赤な顔で一同を睨んでいた。

「筆頭師範の石動精次郎どの、この戯言はなんだな。西国の名もなき小名の家臣などに金子をかけた立ち合いを許してしもうたゆえ、かような茶番を演じておるのではないか」

「松木どの、そのこと重々承知してござる。門弟衆にはのちほどそれがしが詫びるで、お許しあれ」

「おお、そのほう、こたびの失態を自省して二天一流三宅道場の筆頭師範を辞されよ」

と石動に声高に命じた松木が、

「下郎ども」

とふたたび毛利助八郎を含んだ一統を見廻し、

「神石嘉一郎とやら、二天一流の三宅道場にて刀や金子をかけた立ち合いを企てしこと、それがし、三宅道場の高弟、七人衆の一人として許さぬ、その場に直れ。それがし、彦根藩井伊家の重臣松木弥之助が成敗してくれん」

と言い放ち、携えていた刀の柄に手をかけた。

それぞれの言い分がこんがらがり、馬鹿騒ぎが繰り広げられる道場で、嘉一郎は言った。

「松木様、それがし、刀や大金をかけた立ち合いには一切関わりございません。いったん大坂を離れようとしたそれがしが、こちらに戻ったのは三宅道場で修行が、つまりは稽古がしたかったに過ぎません。なにより浪々の身のそれがし、大金と引き換えるような名刀は持っておりません」

「な、なに、そのほう三宅道場に入門すると申すか」

「最前も申しました。それがし、一文の金子も持ち合わせておりませぬ。つまりこちらに入門するなど無理にございますゆえ、筆頭師範のご厚意で稽古をさせてもらっておるのです」

「道場破りとして七人衆の康太や二番手の押金なにがしと立ち合ったのではないのか」

　嘉一郎はしばし沈思し、

「いえ、松木様、それがし、石動師範に偏に稽古を願って許され、康太どのと押金どの両人と竹刀や木刀を交えて稽古をつけてもらいました。もしよろしければ、松木弥之助様、そなた様のご指導を仰げませぬか」

「なに、それがしの指導を願っておるか」

　と声音が変わった松木が師範の石動を見た。

　石動は神石嘉一郎の力量をとことん見たいと考えていた。なにより普段から七人衆の松木弥之助の権柄ずく(けんぺい)の横柄な態度が気に障っていた。ゆえに大きく頷くと、

「お互い修行ちゅうの剣術家ですね。松木どの、修行の一環として神石嘉一郎ど

の願いを叶えてやってくれませんか」

と当人の嘉一郎に代わって願った。

「師範、その申し出、生死を賭けた立ち合いなのか。それともただの稽古と申しておるのか」

「松木どの、神石嘉一郎どのはそなたの技量を見抜かれて、指導を願っておられると見ましたがな」

「西国で武術修行が厳しいといえば雄藩薩摩藩かのう。豊後にある小名の家臣では薩摩藩ほどの剣術修行を為すのは無理であろう。さような立場のそのほう、それがしの指導が受けたいと申すか」

松木が薩摩藩まで持ち出して質した。

「松木様、それがしがさる豊後の小名の徒士並と申す下士であったことは確かです。ですが、つい先日、不当な曰くを以て藩から追われました。つまり浪々の身でございます」

「なに、藩を追われたと申すか」

はい、と嘉一郎は頷いてみせ、

「松木様のご指導が叶いましょうか」

と丁寧に願った。

この問答を三宅道場の全員が聞いていた。それを察した松木が、

「木刀か竹刀か。それとも真剣での稽古かな」

と問うた。

「松木様、未だ真剣での稽古を為したことはありません。それにそれがしの刀、とても松木様の愛刀と打ち合う代物ではございません」

「おお、それは非礼なことを質したな」

「松木様のお指図に従います」

「ならば木刀稽古と致すか。康太の如き、手造りの木刀ではないぞ。円明流の神髄、つまりは二刀流の指導である」

「松木様、それがし、二刀流の木刀稽古は初めてです。お手柔らかにお願い申します」

「しばし待て」

と松木が言いおいて道場を下がった。すると、三宅文弥が嘉一郎の下へ姿を見せた。

「松木様の自慢の刀は備前一文字派の信包(のぶかね)です。小刀の銘は存じませぬ」

「そなた、松木どのの二刀流の稽古を見たことがありますか」

「当道場の具足開きの日に二刀流を披露なされます。されどどこが凄いのか、私には分かりません。練達の士はどなたも、松木弥之助の二刀流、恐ろしや、と申されます」

と首を捻った。

文弥の知る松木の二刀流はその程度のものだった。

道場に戻ってきた松木の腰に手入れの行き届いた打刀大小拵があった。

（本身で稽古をする気か）

と嘉一郎は驚いた。

そんな松木が見所に参り、道場主の三宅八左衛門と筆頭師範の石動精次郎に何事か話をした。道場で本身を使うことを断ったのだろう。

「待たせたな」

と嘉一郎の下へ戻った松木弥之助が、

「円明流、ただ今では二天一流として知られているが、この稽古、それがし、真剣でないと本気になれぬ」

と言い放った。

「松木様、最前も申しましたがそれがしの刀は酷いものです。それがしも本身を持ってこぬと稽古はできませぬか」

「いや、よい。それがしの本身での稽古を見よ」

　と言い切った。

　松木はなんとなく嘉一郎の愛刀を承知のように推察された。とはいえ、他人の刀を鞘から抜いて見るなど非礼はできまい。ぼろぼろの柄頭(つかがしら)や塗の剝げた鞘ではあるが、刀身は薩摩の刀鍛冶波平行安の逸品だ。

　三宅道場の七人衆のひとり松木弥之助が腰に大小の打刀を手挟(たばさ)み、木刀を手にした嘉一郎と向き合うことになった。

「松木様、それがし、なにを為せばようございますか」

「それがしが二天一流を披露するで、そなた、万に一つでも、おお、これならば斬り込めるとの隙を見つけたならば木刀で打ち込んでこよ。その折りは覚悟を決めて事をなせ。曖昧な踏み込みならば、信包がそなたの木刀を両断、いや、五体を斬り込む」

　と言って、嘉一郎の前帯に細い紙片二枚を五寸ほどの間を置いて差し込んだ。紙片の先端が一寸ほど見えていた。

「心得ました」

と応じた嘉一郎は道場の中央で木刀を左手に下げて、松木と対峙した。

間合いは一間。

しばし見合った嘉一郎は下位の己から一歩、また一歩と半間ほど詰めた。どちらかが踏み込んで得物を振るえば相手に届く間合いだ。

松木弥之助がくるりと嘉一郎の前で回った。そしてふたたび最前の位置に戻ったとき、松木の両手は、右手に大刀を左手に小刀を構えていた。

二天一流の遣い手にとって大小を抜く瞬間は、秘技なのであろうと嘉一郎は思った。

松木の腰がわずかに下がり、元の構えに戻ったとき、大刀が嘉一郎の腹前に伸びてきた。同時に左の手の小刀も動いた。

大小の刀が複雑に同じ軌跡をたどることなく舞い続けた。

嘉一郎は微動もせずに二本の刃の動きを感じとろうとした。

どれほどの時が過ぎたか。さほど長くはなかった。

嘉一郎はなんとなく複雑怪奇な二本の刃の動きにひとつの「形」があることを察していた。だが、そのことを五体のどこにも表すことはなかった。

ぴたり、と大小の刃が止まった。

いつの間にか前帯の紙片の先端が斬られて落ちていた。

嘉一郎は全く殺気を感じることはなかった。

「松木どの、いつ紙片を切り落とされましたな。それがし、全く気が付きませんでしたぞ」

「これがな、二天一流の遊び芸でござるよ。なんということはござらぬ。やってみますか」

松木の嘉一郎への口調は、道場破りから互いに剣術を修行する仲間のそれへと変わっていた。

松木が自分の前帯に紙片を挟んで、最前よりふたりの間合いを長くとった。おそらく五尺ほど多く両人の体の間は空いていた。

「それがし、二刀一流は使い熟(こな)せませぬ」

「でしょうな。大刀だけでは相手に動きを気付かれましょうな。その代わり大刀一本の動きに集中できますな」

嘉一郎は二尺四寸一分と定寸の刀より長い行安を抜いてその場から松木の前帯

に差しだした。長い刀と腕の長さがあっても一間余の間合いでは踏み込まないかぎり切っ先は届かなかった。

松木が紙片を二本自分の前帯に挟んだ。左右の足を肩幅ほどに広げ、前脚のつま先をわずかに前に出していた。

「ううーん、不動のこの位置からそなたの前帯の紙片には届きませぬな。どうすれば位置を変えぬまま切れるか」

と思案した。

嘉一郎は答えにたどり着けないまま行安を鞘に戻した。

ゆっくりと行安を抜き、両手で柄を支えて構えてみた。なんとも遠い間合いだった。

紙片の先が風にひらひらと舞い動いていた。

瞑目した嘉一郎は、ふたつの紙片の位置を脳裏で確かめた。両眼を閉ざしたまま行安をふたたび鞘に納めた。

寸毫（すんごう）の間合いののち、一気に右手で柄を摑んで抜き、松木との間に円弧を描くように片手斬りした。直ぐに届かないことを悟った。

咄嗟に右に振りきった行安の柄の握りを縁（ふち）から頭（かしら）へとずらしながら、返し刀で逆向きに弧を描くように左手に飛ばした。

行安は嘉一郎の手を離れて虚空にあった。

嘉一郎の意思を察したかのように飛び、切っ先が紙片を一枚、二枚と斬り分けたのを感じたと同時に左手に戻っていた。その瞬間、左手は柄頭を摑んでいた。

嘉一郎が両眼を開いたのと松木が、

「おお、やりましたな」

と叫んだのが同時だった。

（なぜ届かないはずの行安の切っ先が届いたか）

嘉一郎には思いつかなかった。

「それがし、胴を両断されるかと思いましたぞ。なにが起こったか、お分かりですかな」

松木の問いに首を横に振った。

「思案なされ、両眼を閉じて振るわれた刃の動きが見えたとき、この技はそなたの得意技になりましょうな」

と松木が言い切った。

二

嘉一郎の両眼は黒布の鉢巻で塞がれ、ひたすら腰に差し落とした刃渡二尺四寸一分の薩摩の豪剣を抜き放ち、脳裏に描いた紙切れふたつを切り分ける動きを繰り返した。

嘉一郎の脳裏の紙切れは行安の切っ先が十分に届くところにあった。その間合いで何十回何百回と振るって、仮想の紙切れを確実に斬り分けられるようになったとき、紙片を行安の切っ先が届かぬ位置に置き換えた。むろん想像上のことだ。

鞘に納まった行安を右手でぬき、虚空を斬り分けたのち、即刻左へと大きく弧を描いて返す最中、右手を離した。左手で行安を摑んでいた。だが、架空の紙片を斬り分ける暇はなかった。

ひたすらこの独り稽古を続けた。

そんな光景を松木弥之助が見ていた。そこへ毛利助八郎が近寄ってきて、

「松木どの、そなた、うちの嘉一郎になにを唆されました」

と強い口調で抗議した。

「そなた、神石嘉一郎どのと同じ道場の門弟でしたな」

「それがどうだというのだ。それがし、嘉一郎にかような馬鹿げた真似をせよと唆されたのはそなたかと問うておる。なにゆえ愚かな稽古を命じた」

「それがしの問いへのお答えはないようだ。神石嘉一郎どのはすでに剣術の奥義に達しておられる。さような御仁が何人といえども他人の戯言に耳を貸すはずもない」

「いや、実際に目隠しして奇妙な抜き打ちを繰り返しておるではないか」

「毛利助八郎とやらとくと聞かれよ。神石どのは己の考えに従い、あの稽古をされておるのだ。だれかの言葉に触発されてのことではない。そなた、武者修行仲間なれば、手伝われてはどうだな」

「一文も得られぬ技の修行などやる値打ちがあろうか」

「武者修行は金子を得る、得ないとの考えで行うものではあるまい。おのれに課された境遇のなかで、無心無為の稽古を続けるのが武者修行であろう。そなたも無償の修行を為してはどうだな」

「銭がなくては武者修行などできるものか」

助八郎の腰にある古備前友成をちらりと見た松木弥之助が、

「宝の持ち腐れとはこのことよのう」

「どういう意か」

「それがしの言葉が通じぬようだな。そなた、この二天一流の三宅道場でなにを為す気か」

「そのほう、三宅道場の道場主ではあるまい」

「それすらもわからぬか。それがしは一門弟に過ぎぬわ。そなた、昨夜、どこに寝泊まりしたな」

「むろん旅籠である」

「旅籠賃は払われたか」

「さような些事を一々気にしておられぬ」

「そなたは、三宅道場が払うことを知りながら酒も頼まれたな。武者修行を為す人間にかようなことが許されると思うてか。それともそなた自慢の腰の一剣を売り払って、旅籠代に充てるおつもりか」

「余計なお世話であるぞ」

との大声に道場で稽古を為す門弟衆が手を止めてふたりを見た。その気配に気付いた嘉一郎も抜き身を鞘に納めて目隠しを外した。

「嘉一郎、そのほう、馬鹿げた真似は止めよ。まず路銀を稼ぐのが真っ先に為すことだぞ」

「助八郎どの、それがし、三宅道場で稽古をさせて頂きます」

「馬鹿を申すな。それがしが許さぬ」

しばし助八郎を正視していた嘉一郎が、

「改めてお尋ねしたい。そなたとそれがしの間柄のことです」

「嘉一郎、分かり切ったことを聞くではない。それがしはそのほうの旧主の跡継ぎのひとり、いわば主と申してよかろう」

「助八郎どの、そなた、佐伯藩の徒士並、平たく申せば下士のそれがしを上役のどなたかに讒言(ざんげん)して脱藩せざるを得なくなるような仕打ちをなされましたな」

「なんぞ証あってのことか」

助八郎の一見横柄な態度に弱みが見えた。

「証ですか。そなた、藩主の跡継ぎのひとりと言われるが、家臣のだれからも若とは呼ばれず、ワの字とかヒカエとか呼ばれる境遇に嫌気がさしたと申されましたな。そこで数少ない家宝の古備前友成を持ち出し、脱藩することにした。だが、ひとりで旅をする勇気はない。そこで隈道場で見知った浦まわりのそれがしを道連れにしようと企てた、と違いますか」

「嘉一郎、そのほうの推量に裏付けはなかろう。認められぬ」

「構いません。それがし、もはや佐伯藩とはなんら関わりなし、それがしは三宅道場にて修行を続けます。そなたはそなたの旅を勝手に為されよ」

「おのれ、徒士並の分際でさような所業ができると思うてか」

「助八郎どの、武者修行は、己の出自や身分を捨てて無の境地で生き抜くことかと存じます。そなたが、家宝の古備前友成に拘(こだわ)られるかぎり、そなたは武者修行者ではありません。われら異なったそれぞれの道を歩くことが大事かと存じます」

「そのほうのひとり旅を決して許さぬ」

「毛利助八郎どの、もはやそなたに許しを得ることなどございませぬ。神石嘉一郎と助八郎どのは、なんら関わりなき間柄です」

「おのれ」

と歯ぎしりした助八郎が、

「覚えておれ、徒士並めが」

と喚(わめ)くように言い放って道場を飛び出していった。

道場じゅうがこの無粋な騒ぎを見ていた。

嘉一郎は見所の前に立っていた三宅八左衛門の前に座すと、

「三宅様、見苦しいところをご覧に入れまして、ご不快な思いを為されたことでございましょう。お詫び申します」

と頭を下げ、

「それがし、これでお暇致します」

と述べると立ち上がった。その場に筆頭師範の石動精次郎や、松木弥之助らの高弟七人衆が集まってきた。

「神石嘉一郎どの、しばしお待ちくだされ」

と三宅が願い、

「そなたと毛利助八郎どのとの問答をこの場にいる者全員が聞いておる。つまりはそなたらふたりが藩を脱けざるを得なくなった経緯からその後の行動までをおよそ知らされた。それがし、そなたの言動になんら不快も差し障りも感じておらぬ。一方の毛利某の剣術家らしからぬ強引な主張にはこの際、触れたくない。そなたが嫌でなければ、わが道場の長屋にしばらく滞在して、われらと稽古を致さぬか。かような折りは、無心で汗を流すのがなによりと思うがどうだな」

と門弟衆を見廻した。

「師匠の仰せのとおりにござる」

と松木が真っ先に言い切った。するとその場の全員が頷き合った。

「われら、なにより神石嘉一郎どのの剣術を知りとうござる」

と松木が続けると七人衆の最年長にして六尺三寸と長身の清見聖聞が、

「そなたと稽古を為したのは康太と押金博士どのと松木どのの三人だけ。われらもそなたと稽古がしたいのだ。師匠が申されるとおり、毛利何某についてはこの際忘れてよかろう」

と言い出し、その場の者が頷いた。

「ご一統様の寛大なるお言葉をそれがし、素直に受け止めてようございますか」

と嘉一郎が念押しした。

「おお、師匠をはじめ、みなが願っておるではないか。われらは剣術がなにより好きなのだ。そなたは武術盛んな西国の三神流の奥義をわれらにまだ見せておらぬ。しばしわれらといっしょに稽古をしようではないか」

と清見が道場主の八左衛門を見た。

「どうだな、そなたもその思いがあるゆえに道場に戻ってこられたのであろう」

と道場主が清見の言葉に賛意を示した。

「ご一統様、感謝の言葉が見つかりませぬ。それがし、なんでもやらせていただきます」

との嘉一郎の言葉に清見聖闘がにやりと笑い、

「どうですな、善は急げと申すでな、三宅道場の七人衆で最も年嵩のこの清見と稽古をしてもらえぬか」

と言い出して、

「なんと清見様に先鞭をつけられたぞ」

とほぼ嘉一郎と同じ年頃にして体付きも似た菊谷歩がぼやいた。

「歩、そのほうは若い。年寄りに花を持たせよ」

と応じた清見が竹刀を手に道場の真中に出ていった。

「はい、神石様のえらく長い刀は私が預かります」

と文弥が竹刀を差し出した。

「ご一統のご厚意で三宅道場に世話になることになった。文弥どの、よろしくお付き合いくだされ」

「こちらこそ。師匠が、神石嘉一郎どのの剣術はわれらが束になっても敵わぬ、一日でも長く引き留めて、稽古をつけてもらえと言われていました」

「文弥どの、それはどうでしょうな」

「いえ、最前、真剣で独り稽古をされているのを見ながら思わず呟かれました」

「買いかぶりです」

「そうかな、私、真剣を使ったあのような独り稽古を初めてみて、背中がぞくぞくしました」

「文弥どの、やはり買いかぶりですぞ」

と苦笑いした嘉一郎に文弥は、

「清見様はうちの道場でも古い門弟でございます。岡山藩池田家三十一万石の船奉行の大坂方を務めておられます。剣術は好きなだけで強くはないといつも申されております」

「文弥どの、さようなお方が一番怖いものです」

「そうかな。師匠の言葉のとおり、うちの道場で神石さんに太刀打ちできる門弟はひとりもいませんよ」

と言って文弥は嘉一郎を送り出した。

すでに長身の清見は道場の真中に出て、軽く竹刀の素振りをしていた。

「お待たせして申し訳ございませぬ」

　との嘉一郎の言葉に、

「文弥から聞かなかったか、それがし、性急でな、だれよりも早く動き、すぐに負けて退散してくる口だ。そなたとはかような場でないかぎり竹刀を交えることはあるまい。ともかく何合か打ち合うてくれぬか」

　と願った。

　ふたりの傍らで話を聞いていた筆頭師範の石動が、

「清見どの、言い訳はよろし。なんであれ、神石どのからしっかりと稽古を付けてもらいなされ」

「筆頭師範はそういうが竹刀で打たれるのはそれがしですぞ。十合といわぬがなんとしても五、六回は互角に見えるように竹刀を振るいたいのう」

「それでは真剣な立ち合い稽古になりますまい」

「真剣な立ち合い稽古には最初からならんのだ。最前の、道場の隅での真剣を使った、目隠しまでしての抜き打ち、あれを見たら師範とて身震いせぬか」

「正直申すと清見どのの申されるとおり、それがし、小便をちびりそうになり申した」

「であろう。ゆえにこの際、おお、清見聖聞はなかなかやるではないかと、見物人に思わせたいだけだ」

そんな問答を、笑いを堪えた文弥が聞いていた。

「おかしいか、文弥」

「はあ、私が代わりましょうか。最初から立ち合い稽古にならぬのならば、私でもいっしょですよね」

「文弥風情に馬鹿にされておるか。叩かれてくるか」

という清見に、

「神石嘉一郎さんは、さような清見様が一番怖いと申されておりましたぞ」

「なに、最初から勝負にならんのをならんというそれがしが怖いか。そうか、意外にもそれがしに望みはあるか」

「さような欲を出してはなりません」

文弥に言われて清見が、がらんとした道場を見ると、門弟衆は壁際に下がり、ひとり神石嘉一郎が竹刀を手に清見を待ち受けていた。

「おお、待たせ申したな」

「ご指導のほど願い奉ります」

「なに、そなた、さような言葉を吐かれるか。謙虚にもほどがあるぞ」

　との清見の返答に、

「清見どの、年寄りが勘違いを召さるな」

　松木弥之助が道場の片隅から叫んでいた。いまやだれもが勝負にも稽古にもならぬことを察していた。

「清見どの、そなたと神石嘉一郎どのが竹刀を交える様子をじっくりとみますぞ」

「相分かった。すぐに引きさがってくるゆえ、見ておれ」

　と松木に言い放った清見が嘉一郎を見て、

「お聞きのとおりでござる。じっくりとご指導のほど願い奉る」

「清見様、こちらこそご指導を願います」

　両人が相正眼で構え合った。

　その瞬間、清見が瞼（まぶた）を閉ざした。

「おや、清見の旦那、最前の神石嘉一郎どのの稽古の真似をしおるか」

「いや、相手を見るのが怖くて両眼を瞑ったのだ、間違いない」

　と見物人が言い合った。

　すると相手の神石嘉一郎も瞼を閉ざした。

「おお、両人して互いの動きを見ておらぬか。こりゃ、清見の旦那の策か、それとも神石どのの狙いかのう」

　と見物人たちがひそひそと囁いた。

　清見は一度、薄く瞼を上げて、

（なんだ、相手も眼を瞑っておるか）

　と驚き、どうしたものか、とまた瞼を閉ざした。

　時が流れていく。

（なかなかの勝負ではないか）

　と筆頭師範の石動が、まずは清見の作戦が効を奏していると思った。

（先に仕掛けるのはどちらか）

　と思案して、清見がいつまで我慢できるか、その辺りが勝負どころかと考えた。

（よかろう、わが策をみよ）

　とばかり悠然と構えた清見だが、性急な気性が直ぐに頭をもたげた。再びそっと目を開けた。すると相手の嘉一郎は両眼を閉じて、立ちながら鼾を掻いて寝ているように思えた。

（よし、この瞬間）

とばかり足音がせぬように虚空にふわりと飛びあがり、竹刀を揮った。

（やった）

まさかの勝ちを得た喜びが清見の顔に浮かんだ。

そのとき、眼の前で眠っていたはずの嘉一郎の姿が掻き消えていた。

（あれ）

どこへ消えたかと視線をあちこちに彷徨わせた。

（いたぞ）

嘉一郎は道場の床に仰向けに寝ていた。

いつの間に音もなくかようなことを為したか。それでも清見は先制した己の竹刀が先に届くとばかり急ぎ振り下ろした。

そのとき、嘉一郎が横手に転がった。

「くそっ」

と竹刀をそちらに向けた瞬間、
バシリ
と向けた足の腿を叩かれて体勢を崩した清見が嘉一郎の傍らに転がり落ちてい

た。

「あ、痛たた」

と叫んだ瞬間、ふたたび嘉一郎の体が立ち上がると、竹刀の先を清見の喉元に突き付けていた。

「参った、参りましたぞ」

と清見が叫ぶと、

「あれこれと攻め方を工夫なされましたな。このことは剣術には大事ですぞ」

と嘉一郎が笑みの顔で告げた。

三

三宅道場の七人衆と称される高弟のなかで残るは、嘉一郎とほぼ年齢も背丈も同じ菊谷歩、清見聖聞より年上に見える五尺一寸余と小柄な田野倉八蔵、七人衆のなかでただひとりの女にして小太刀と長刀をよくするという木幡花の三人だった。

「残るはそなたら三人だな。神石嘉一郎どのと立ち合って一撃見舞え、いや、もらえ」

　となんとか道場の床から立ち上がった清見聖聞が言い放った。

　その言葉に三人のなかで一番年上の田野倉八蔵が、

「ううーん、残念ながらわれら三人のうち、神石嘉一郎どのに勝ちを得る者はおらぬことはたしか。どうだ、まずは神石どのと歳が同じ、歩、そなたが先陣を務めぬか」

　となんとなく魂胆がありそうな言い方で菊谷に言った。

「清見、田野倉両先輩の言い分を聞いておりますと、最初から殴られてこいと聞こえます。いささか心外でござる」

　と菊谷が応じた。

「うむ、その言葉やよし、われらの無様な負けを見て、そのほうが一矢を報いてくれると申すのだな」

「勝負を前に負けると言い聞かされては意欲が薄れます」

　と答えた菊谷の語調が最前より弱くなった。言葉ほど自信があるとは到底思えなかった。それでも、

「ならば歩、頼むぞ。三宅道場七人衆の面目を若手のそなたが取り戻してくれぬ

か」

清見がなんとも曖昧な表情で願った。

「それがし、七人衆のなかで中ほどと言いとうございますがせいぜい尻からふたり目か。とは申せ、ここは一番命を賭けて戦う所存でござる」

「ほうほう、志やよし。あとは任せたぞ、歩」

「ご一統、そこが難題でござる。それがし、真っ向から神石嘉一郎どのと当たって勝てる自信が全くございません。なんぞよき知恵はございますまいか」

と答えた。闘志は全く見えなかった。

「呆れたわ、うちの男衆(おとこし)ときたら情けない」

と木幡花が言い放った。花は大女だった。背丈は嘉一郎と同じ六尺豊か、目方は痩身の嘉一郎の二倍はあった。それでありながら動作は機敏だった。対戦者にとって厄介極まりなかった。

「花、そなた、神石嘉一郎どのを得意の長刀でねじ伏せられるか。その自信ありやなしや」

と菊谷が質した。

花がちらりと問答を聞いている嘉一郎を見た。嘉一郎は、

「花さんと申されるのか、お手柔らかにな。それがし、長刀だ、槍だという長い得物は嫌いでな、苦手なのだ」

　と正直に告白した。

「豊後の佐伯藩で長刀相手に稽古したことがおありですか」

　と康太に次いで十八歳と若い花が嘉一郎に問うた。

「苦手を克服しようとしばしば槍方と稽古をしましたが、長刀とは覚えがない。槍は、戦国の世ではのうても、ほれ、武家方には家格を示す鞘飾りをつけた槍の技を競い合うために槍遣いもそれなりにおられ、佐伯藩にも遣い手がおりましたでな、稽古をしました。されど長刀の遣い手は」

「おられませんでしたか」

「ほれ、長刀はどうしても女子（おなご）の武具と思われているせいもありましてな、西国佐伯では遣い手は見かけませんでしたな、ゆえに稽古をした覚えはありません。いや、思い出したぞ」

　と嘉一郎は困惑の表情を見せた。

「なに、長刀相手に稽古をなしたか」

　と石動が関心を示して、質した。

「はい、なんとも怖い相手でございましたぞ。ああ、あのことはそれがしの最初の敗北にございました」

「神石どの、相手は女衆(おんなし)であろうな」

「むろん女子でござる」

「相手は名のある長刀遣いか」

「どの程度の遣い手か、神石堪子(たえこ)と言いましてな」

「なに、そなたと姓が同じか」

「母上ゆえ同姓です」

「なに、そなたの母御とな、そなたがいくつの折りか」

「三つでしたか。祖父の植木鉢を壊した罰に母上が長刀を持ち出されました」

「三つの折り、悪戯をした罰に母御が長刀で仕置きかな」

「ただし、それ以来、母上は長刀をそれがしの前ばかりか、身内の前でも振るったことはありません。ゆえに母上が肥後(ひご)古流(こりゅう)の長刀の名手ということを忘れておりました。それがしが槍や長刀が嫌いなのは、三つの折りの懲らしめがあるからでしょうね」

と告げた。

しばし三宅道場を沈黙が支配した。七人衆は嘉一郎の幼い頃の光景を、思い浮かべていた。

「うむ、それがし、木幡花どのの長刀と立ち合い稽古となると、あの母親の肥後古流以来かな。思い出したくもない、母上の長刀の刃が気を裂く音を。あのような恐怖は後にも先にも一度だけで十分です」

との告白に七人衆のなかでいちばん背が低い田野倉八蔵が、

「おお、花、そなたが神石嘉一郎どのを負かす一番手かもしれんぞ。そなたから行け」

と嗾(けしか)けた。

「神石どの、真に長刀との立ち合いは母御の肥後古流以来でございますね」

と花が嘉一郎に念押しした。

「いえ、母上の長刀は立ち合いではございません、懲らしめです」

「母御は息災ですね」

「いえ、数年前、大雨が降った日に川を独り見にいって、流されて身罷られました」

「えっ」

と驚きの声を発した花は、嘉一郎の思い出話を受け止めきれなかった。すると、

「かような話を口にした以上、立ち合いをしないわけには参りませんね。花どの、何度も申しますが、お手柔らかに」

との嘉一郎の言葉に、にたり、と笑ったのは筆頭師範の石動精次郎だった。

「花、そなたが神石嘉一郎どのを負かせば、天下一の長刀遣いとして上方一円、いや、三百諸藩に知れ渡るぞ」

「師範、さように容易い立ち合いではありません」

と険しい表情で花が言い切った。

ともかく稽古用の刃引きした長刀を携えた花が平静をなんとか保ちながら、道場の真中に向かった。

嘉一郎は目顔で文弥を呼んだ。すると文弥が木刀を手に近寄り、

「花さんはあれで結構気が強いですよ。父御はどこぞの大名家の重臣と聞いております」

「そなた、稽古を為したことがあるか」

「はい……いえ、一度だけなぜだったか思い出せませんが花さんと立ち合うことになりました」

「どうだったな」

「はい、私が稽古用の長刀を見ただけで竦んでいるのを見た花さんが、ぷいと私の前から立ち去り、以来相手にしてくれません」

「おお、なかなかじゃな」

「神石さんも、ほれ、木刀に代えてせいぜい頑張って下され」

その言葉にしばし考え込んだ嘉一郎が、

「苦戦は必至であろう。となれば自在に振り回せる竹刀で長刀に応じてみたい」

と竹刀を手に花の前に出ていった。

花に黙礼した嘉一郎は竹刀を正眼に構え、未だ長刀を小脇に抱えた花に対峙した。

花は悠然と長刀の刃を下段に構えると長身の嘉一郎を睨んだ。なかなかの迫力だった。

「花どの、参る」

と声をかけると花の長刀が一気に力を得て、嘉一郎の足元に襲いかかった。想像した以上の力強くも迅速な攻めに嘉一郎は思わずひょいと飛び下がって避けた。

「おお、相手が逃げおったぞ」

と見物の門弟のひとりから声がかかった。

間合いを詰めた花がさらに長刀を振るった。すると、こたびも嘉一郎が後ろに下がり、間合いを空けた。

花が攻め、嘉一郎が避ける駆け引きが繰り返されて、

「花、壁際に追い込んで一撃見舞え」

との声がどこかからした。

だが、筆頭師範の石動精次郎は、嘉一郎が花の操る長刀の動きと間合いを確かめているのではないかと推測した。その証に嘉一郎は真後ろに下がることはなく、花に大きな円を描かせていることに気付いた。

花もそのことを承知して長刀の動きを小刻みにして壁へと押し込もうと試みた。

攻める花と下がる嘉一郎の両人が道場の中央で円を描き切った直後、不意に嘉一郎の動きが変化した。後ろに飛び下がることから一転、長刀の間合いのうちに踏み込んで、

「あっ」

と思わず声を漏らした花の長刀がわずかに乱れた。

嘉一郎の竹刀が動きの乱れた長刀の千段巻を軽く弾いた。さらに間合いを詰め

て長刀を弾きつつ、これまでとは反対に押し戻した。

長刀の動きを軽やかな竹刀で封じられた花が後ろに飛びさがり、長刀の間合いに戻そうと試みた。だが、嘉一郎は巧妙にも竹刀を揮って花を押し込んでいった。

（なんと最前花が押し込んで描かせていた円を描かされているぞ）

田野倉八蔵は気付いた。

（そうか、長刀が苦手という神石はまず花の操る長刀の動きと間合いを確かめたのか）

と田野倉が思ったとき、

「花、攻め込まれておるぞ、間合いをとれ、長刀の間合いに戻せ」

と思わず菊谷歩が叫んでいた。

（えっ、私、押し込まれているの）

教えられた花が竹刀の攻めを長刀で弾き返そうと下がり方を変えた。

次の瞬間、嘉一郎の竹刀が長刀の千段巻を巧妙にも右、左と迅速に叩いて刃の動きを止めていた。いや、そればかりか嘉一郎の竹刀の果敢な攻めに、またもや下がらされた。それも最前、花が嘉一郎に描かせた円を逆に辿っていることに花も気付いた。抗おうとしたが嘉一郎の竹刀はそのことを許さなかった。

（なんてことなの）

と飛び下がる間合いと方向を強引に変えてみた。大女の花の動きに乱れが生じた。

（なにが起こっているのか）

初めての経験だった。長刀を手にした木幡花の動きがちぐはぐになっていた。明らかに神石嘉一郎の竹刀に操られていた。

花の得意な攻守とはまるで違った様相だった。

（どうすればよい）

脳裏に迷いが浮かんだ直後、木幡花の手から長刀が飛んでいた。

素手になった花はまるで満座の前に素っ裸で立たされた気分で竦んでいた。すると、

「やはり長刀は苦手じゃな」

と漏らした嘉一郎が後ろに下がって、花に向かって一礼した。

「すまなかった」

「神石様、どういうことですか。花が一本取られたのです。その相手に詫びるなど、私を馬鹿にしておられるのですか」

「いや、違うのだ」

「違うとはどういうことですか」

「立ち合い稽古を前に母親のことなど長々と持ち出したことだ。若いそなたはきっと気にかけられたことだろう」

「いえ、師から立ち合いは得物を構え合う以前から始まっておると、しばしば教えられております」

「そなたの師匠の教えは正しい。それがしが若いそなたに語った母の思い出話は虚言だ」

「えっ、なんと申されました。母御は身罷られたと聞きましたが息災なのですか」

「母は息災である。そなたがそれがしの作り話にどう反応するか見たかったのだ。というのもいきなり長刀との立ち合いでは太刀打ちできぬ、そこであのような虚言を弄した。それがしが立ち合いは制したかもしれんが、若いそなた相手に虚言を弄する作為は生涯忘れることはあるまい。許してくれぬか」

　という嘉一郎を直視していた花が無言で床に転がっていた長刀を拾った。

「うーん、花が善戦健闘したあとだぞ、歩、そなた、なんぞ工夫を思いつかぬか」

　と七人衆で残った田野倉八蔵が菊谷歩に質した。

「田野倉様、それがし、かような無益な立ち合い、辞退致します」

　と菊谷が立ち合いを避ける宣言をした。

「歩、そのほうそれでも男子（おのこ）か。女子の花があれほどの戦いを為したのだぞ。爪の垢を煎じて飲め」

　と喚いた田野倉が木刀を手に、

「三宅道場七人衆の殿（しんがり）、田野倉八蔵が意地を見せてくれん」

　と道場の真中から下ってきた花に近寄った。

「花、よう健闘したな。あとはそれがしに任せよ」

　と言い切り、木刀を手にした。そんな田野倉を見た文弥が急ぎ木刀を手に嘉一郎のところに向かった。

「文弥どの、こたびは木刀稽古ですか」

「神石さん、真剣勝負になるやもしれません」

　と危惧を告げ、竹刀と木刀を交換しようとした。

「木刀であっても稽古ですよ。案じなさるな」

「いえ、門弟頭の田野倉八蔵様は頭に血が上ると豹変されるお方です」

と言った文弥が声を低め、

「あのう、道場主の三宅八左衛門様からの伝言です。真剣勝負を申し込まれたら、神石様、穏便にお断りいただきたいとのお言葉です」

「おや、田野倉どのは道場主の命を聞かれませんか」

「ここだけの話にしてください。八左衛門様と田野倉様は技量に差がございます」

「門弟の田野倉様が力は上ということですか」

「はい、八左衛門様は三宅家の養子です。田野倉様とは稽古をしたところを見たことがありません」

と文弥が言い、しばし思案した嘉一郎が、

「分かりました」

と告げてようやく木刀を受け取った。

そのとき、田野倉八蔵のもとへさがっていた花が、

「田野倉様、稽古ということを私、忘れておりました」

「どういうことだ、花」

「神石嘉一郎様とは、真摯に互いが得意の知恵と業のすべてを出し合って立ち合い稽古する。そのことを忘れていたと申し上げたいのです」

「立ち合い稽古ではないわ。あの者はそもそも道場破りに参っておるのだ。そんな甘い考え故、最後の一歩が足りないのだ」

「いえ、違います。われら、ともに武芸を修行する仲間です。神石嘉一郎様は三宅道場に稽古のために戻ってこられたのです。わたしどもを教え諭すために帰ってこられたのです。勝敗を決する道場破りとして対応したのは、大きな間違いです」

「花、あやつと立ち合ってなにが起こった。そのほう、善戦したというので、のぼせ上がったか。負けは負けだぞ」

「田野倉様、花が申すこと、それがし、分かります」

とふたりの問答に加わったのは菊谷歩だ。

「なにを抜かすか、戦いもせぬ臆病者が」

「それがしは、神石どのと稽古はしたい。だが、勝敗を決する真剣勝負は無益です、力に差がある者同士が命を張って戦うのは無用です」

「聞き置くわ、花、歩。刀を腰に帯びた武士がいかに生きねばならぬか、とくと見ておれ」

と田野倉が木刀を手にどしどしと道場の中央に立つ嘉一郎の下へと向かった。

七人衆の頭分格の田野倉が初めて見せた態度だった。

「待たせたな」

と田野倉は嘉一郎に言い放った。

「三宅道場の七人衆の強者田野倉八蔵様、ご指導のほど願います」

「その口も立ち合いの方便か」

「いえ、本心にございます」

「そのほう、文弥からなにを言われた」

「なにも言われておりません」

「道場稽古ゆえ穏やかな立ち合いをという道場主の三宅八左衛門からの命を文弥が伝えたのではないか」

と門弟の田野倉は道場主を呼び捨てにした。

(ああ、文弥どのが告げた、道場主の八左衛門様は養子ということとなにか関わりがあるのか)

と嘉一郎はふと思った。

「いえ、門弟頭の田野倉様の業前と経験をひたすら見習うようにと申されました」

「わが道場主は、実戦の経験がなかろう」

「実戦の経験とはどのようなものでございましょう」

「決まっておるわ、真剣勝負である」

「まさかこの道場で真剣勝負が為されますか」

「道場主にその気概があればのう、三宅道場も大いに変わろうぞ」

「七人衆のおられる三宅道場、それがしにとって得難き稽古場にございます」

「戯言を申すでない。神石嘉一郎とやら、この田野倉はそのほうを許さぬぞ」

と乱暴にも言い切った。

四

神石嘉一郎は門弟頭の田野倉八蔵と向き合って、相手の形相が変わっていることに気付いた。狡猾というか陰険な表情だった。さっきまでの穏やかな田野倉八蔵の姿が嘘のように思えた。

（そうか、実戦の経験、真剣勝負を知る人物とは当の田野倉八蔵か）

そんな嘉一郎の気配を読んだか、

「そのほう、真剣勝負の経験ありやなしや」

「命をかけた真剣勝負など、このご時世にあろうはずもございますまい」

と嘉一郎は田野倉の問いを外して、曖昧に答えた。

嘉一郎の返答を聞いたのち、しばし沈思していた田野倉が、

「そのほうの言葉、素直に受け取れぬ。どうだ、この場で真剣勝負を致さぬか」

と言い出した。

「三宅道場の主は、そなた様ではございませぬ」

「八左衛門の許しを得よと申すか」

「それ以前の道理ではないかと存じます」

「いや、七人衆を次々と負かしたそのほうに残された道は、この場でのそれがしとの真剣勝負のみ」

「七人衆のだれひとりとも戦った覚えはありません。松木弥之助様に至っては、それがしにとって二天一流の秘芸、両眼を閉じての紙切り技の師匠にございます」

「そのほうとの立ち合いを拒んだ者どもは当然敗者であるわ。つまり三宅道場の高弟、七人衆のなかでそれがしのみがこうして残っておるのだ」

「立ち合いを拒まれたのには各人の立場や理由がございましょう。その方々を敗者と言い切るのはどうでしょう。なによりそれがし、竹刀や木刀を交えての稽古を為したのであって、真剣勝負をしようなどと思った覚えはありません、田野倉様」

「そのほう、いささか剣術家として気骨がありそうと見受けたが勘違いであったか」

　と田野倉が言い放った時、ふたりのあいだの気配が尋常ではないと気付いた道場主の三宅八左衛門が両人のもとへ歩み寄ってきた。

「田野倉八蔵どの、なんぞ厄介ごとかな。神石嘉一郎どのは、わが道場の七人衆の何人かと立ち合い稽古をされた。田野倉八蔵どのも、立ち合い稽古を願っておられるか」

「いや、朋輩の恥辱を雪ぐためにこの場にて真剣勝負を申し入れておるところ。経緯から申して剣術家として至極当然のことでござろう、三宅八左衛門どの」

　と言い放った。

しばし間を置いた三宅が、

「当道場の主はそれがしでござる。さような無法をそれがしに断りもせず神石どのに強要しておられるか。門弟の立場をお忘れか」

「かようなことまで道場主に許しを得よと申されるか。朋輩の恥辱を雪ぐのは兄弟子のそれがしの使命でござる。当道場を辞せと申されるならば、真剣勝負のあとでも遅くはあるまい」

「立場を弁えなされ。道場での真剣勝負で恥辱を雪ぐなど許されぬ。かの者たちは稽古と承知して立ち合ったに過ぎぬ。稽古に技量の優劣がみえるのは常のこと。それを兄弟子たるそなたが道場主のそれがしに許しを得ず、真剣勝負など許されぬ」

と言い切った。

「三宅八左衛門どの、三宅道場にて修行を続けてきた歳月は、それがし、そなたの倍である。それがしにはそれがしのやり方がありましてな」

「道場主の言葉を無視して当道場にて無法を為すというのであれば、その前に田野倉八蔵、そなたに破門を命ぜねばならぬ」

長いこと沈思した三宅が厳然とした口調で言い渡した。すると田野倉が、

「ほう、三宅道場の養子のそのほうが、長年の門弟に破門を命じられるか。ようござる、まずは神石嘉一郎なる道場破りを成敗してからそのほうの命を吟味しようか」

と応じて道場主に背を向け、

「だれぞ、それがしの刀をこれにもて」

と叫んだ。

門弟衆のだれもが互いを見合ってざわめいていたが、

「文弥、田野倉八蔵どのの刀を」

と老練な門弟のひとりが命じた。数少ない田野倉の友のひとりだ。

文弥が控えの間から運んできて、田野倉に渡し、木刀を受け取った。

背丈が五尺一寸の田野倉の大刀は刃渡二尺あるかなしか。だが、その重さは豪刀を文弥に想像させた。木刀を手にしてなにか言い掛けた文弥に田野倉は、

「去ね」

と命じた。

文弥は対戦者の嘉一郎のもとへ行った。

「神石さんも刀に替えられますか」

「いや、木刀でようございます、文弥どの」

その返事を予測していたように文弥が頷き、

「田野倉様についてそれがし、三宅道場での稽古の折りの姿しか存じませぬ」

「うむ、それでよい」

「七人衆のなかでも門弟衆と滅多に稽古をされない御仁が田野倉様です」

「ほう、仲間との稽古が少ないと申されますか」

「はい。ときに竹刀や木刀を交えた相手は、だれもが『田野倉どのは、力を出し切っておられぬ』と一様にもらされます。なんでもうちではなくて、どこぞの別の稽古場にお通いとか、申される門弟衆もおられます」

「ほう、第二の稽古場をお持ちですか」

「それと、道場主の奥方が独り身のころ、懸想(けそう)された田野倉様は幾たびか縁組を申し込まれたそうです。ですが先代道場主は、旧姓市谷(いちがや)、ただ今の三宅八左衛門様を婿に選ばれたそうな」

と小声で囁き、重ねて、

「真剣をお持ちしなくて本当にようございますか」

「はい、木刀でようございます」

と応じた嘉一郎は、そのとき、道場主三宅八左衛門の気遣いの視線に気付いた。

若い武者修行者はかすかに頷き、

（それがしにお任せあれ）

と無言ながらそう応えた。

嘉一郎は木刀を手に田野倉のもとへと歩み寄った。

田野倉が木刀に気付き、

「神石嘉一郎とやら、当道場では道場破りには生きるか死ぬかの勝負にて対応致す。どうだ、真剣に替えぬか」

と嘉一郎に質し、

「それがし相手ならば木刀で十分というか」

と念押しした。

「いえ、真剣で斬り合う覚悟ができておりませぬ。それだけのことです」

「三宅八左衛門に命じられたか」

しばし間を置いた嘉一郎がその問いには答えず、

「三宅道場で異端の考えをお持ちの門弟は、田野倉八蔵様ご一人（いちにん）ですか」

「若造、それがし一人が異端の考えの持ち主じゃと。真剣勝負こそ正統なる剣術の修行である。ただ今、そのほうに教えて遣わす。ゆえに真剣に替えよ」

　と命じた。

「お断りします。それがし、あくまで木刀にて稽古を願います」

「稽古ではないわ、真剣勝負ぞ」

　嘉一郎はただ頷いた。

「改めて言うておく。それがしがかように体が小さいことを甘く見るでない」

「むろん承知しております」

「それでも刀に替える気はないか」

「ございません。それがしの得物は木刀です」

　と嘉一郎が言い切った。

「よかろう。真剣と木刀勝負の経緯をだれもが承知したな」

　と道場じゅうの門弟に聞こえるように大声で言い放つと田野倉は己の間合いをとり、悠然と刀の鞘を払った。推量したように刃渡は二尺そこそこだが、厚味のある豪刀を片手正眼に構えた。

　嘉一郎も定寸の木刀を正眼に置いた。

「そのほうの木刀にそれがしの刃が触れた瞬間、木刀はふたつになっておる」

と田野倉が淡々とした口調で告げた。自信満々の表明だった。

嘉一郎は無言で応じた。

両人が凝視し合ったのは寸毫（すんごう）の間だった。

田野倉が腰を屈める構えからいきなり豪剣を突き出すようにして踏み込んできた。

嘉一郎はいきなりの鋭い攻めに背後に下がり、間合いをとった。すると田野倉は嘉一郎の飛び下がりを予測したように、さらに踏み込んできた。

嘉一郎は間を空けた。

互いは無言で踏み込み、下がることを繰り返した。

嘉一郎は背に板壁が迫ったことを承知していた。

田野倉がにたりと笑った。嘉一郎を逃げ場所のない瀬戸際へと追い込んだと考えてのことだろう。だが、それは田野倉の考え違いだった。

嘉一郎は木刀を左脇に戻して田野倉を見た。

「なんだ、その構え。木刀で居合技を使う心算か」

つぎの瞬間、両人は互いに間合いを詰めて真剣と木刀を振るっていた。

両人の背丈差のせいで、田野倉が背伸びしながら、嘉一郎の腹部に向かって真剣の切っ先を鋭く突っ込んだ。

木刀が躍ったのはその直後だ。

文弥は、後の先を選んだ嘉一郎が、

（遅い、遅すぎる）

と思った。

田野倉の刀が嘉一郎の下腹を抉ると確信して、思わず両眼を閉じた。

「うっ」

といううめき声が道場にあがり、ドサリ、床に叩き付けられたような物音を文弥は聞いた。

恐る恐る両眼を開いた。

嘉一郎は、文弥が両目を瞑る前に見たと同じ場所にひっそりと佇んでいた。道場じゅうが森閑としていたなかに、

「ど、どうした」

文弥の呟きが響いた。

嘉一郎が文弥を見返した。

「田野倉様はどこに」

その声を聞いた嘉一郎が体を開いて立つ場をずらした。道場の床に抜き身と田野倉の体が転がっていた。

「じ、神石さん、田野倉様は身罷ったか」

「文弥どの、気を失っておられるだけだ。肩の骨が折れておるやもしれぬが、命に別状はない」

両人の一瞬の戦いを見たはずの門弟衆は無言だったが、七人衆のひとり、松木弥之助が田野倉の傍らに寄ってきて、肩口を診ると、

「神石どの申されるとおり、肩の骨が折れておる。医者に診せて治療をしたほうがよかろう」

と三宅八左衛門を見た。頷いた道場主が、

「だれぞ戸板を外して持ってこよ」

と命じた。

「三宅様、迷惑をお掛け申した。田野倉どのの踏み込みが迅速で木刀を手加減できませんでした。それがし、なんぞ為すことがありましょうか」

「神石どの、案じられるな、そなたら、両人の尋常の立ち合いをこの場におる全員が見ておる。剣道場の立ち合いではままかようなこともおこる。わが道場の掛

かり付けの蘭方医がおる、かような骨接ぎの治療もやりおるわ」

「有難い」

「そなたが礼を申されることもない。わが門弟がいささか考え違いをなしたまで。そなたが立ち合いの前に申されたとおり、異端の考えの主であったということだ」

と道場主が応じた。

戸板に乗せられた田野倉八蔵が骨折治療に長けた蘭方医の下へ運ばれていった。道場の筆頭師範の石動精次郎は怪我人に同道したが、その場に道場主の三宅も松木弥之助ら高弟七人衆の六人も残っていた。

「ご一統様、お騒がせ申した」

と嘉一郎が改めて頭を下げた。

「神石どの、そなたが詫びられることはない。われらの同輩がいささか己の力を見誤っていたに過ぎない」

と松木が言い切った。また七人衆のひとり、年嵩の清見聖聞が、

「かような場合、われらは武芸者である以上、命を賭しても田野倉の恨みを晴らすべく、そなたと戦わねばなるまいな。だが、田野倉八蔵がとった邪な言動は、

同門のわれらも認められぬ、詫びる要はそなたに指先ほどもござらぬ」

と言い添えた。

「とは申せ、どのような理由があれ、高弟のお一人に怪我をさせたのです。それがし、即刻道場より立ち去ります」

との嘉一郎の言葉に、

「お待ちなされ」

と道場主の三宅が引き留め、

「七人衆の者たちが申すようにそなたにはなんの咎もない。真剣を手に勝負を執拗に迫ったのはわが門弟の田野倉でござった。そなたは真剣勝負を拒み、木刀で相手をなされた。それも明らかに田野倉の攻めを見たうえで、後の先で対応なされた。おそらくそなた、手加減されようと試みたのであろうが、平静を失った田野倉の突っ込みが拙速すぎた。あの怪我は致し方なき次第でござる」

と言い切った。

「そうよ、神石様、そなたが立ち去る要はないわ。わたしたち、そなた様の故郷、西国豊後の剣術を知りたいの。田野倉様に後の先で木刀を振るわれたのは居合術の技よね」

「はあ、それがし独創の抜刀技でござる」

「どうりで大坂辺りでは見かけたことのない技だわ。気の済むまで道場に留まり、わたしどもと稽古をしてください」

　と花が願った。

「ううーむ」

　と呻った嘉一郎はどうしたものか迷った。

「花の要望はわれら一同の願いだ。田野倉はおそらく道場に戻ってくるまで何月もかかろう。その間だけでも長屋に住まいして、われらと稽古をせぬか」

　と三宅が願った。

　嘉一郎は田野倉八蔵の人柄と強引な稽古ぶりを門弟の大半が快く思っていないのだと思った。とはいえ、

「ご一統様、さようなことが許されましょうか」

　と嘉一郎が念押しした。いつの間に、なんのためか三宅道場に戻ってきた毛利助八郎が、

「嘉一郎、よかったではないか、そのほうの三神流の剣術が金になるのだぞ」

　といきなり問答に加わった。

「助八郎どの、それがしの話です。そなた様には関わりございません」

と突っぱねた。

「嘉一郎、そのほう、懐になにがしか金子を持っておるか」

「それがしの懐具合です、そなた様の口出しは無用に願います」

「いや、武者修行と申せど銭もなくてはなにもできんのだぞ。こちらの長屋に世話になるにしても、そなた、着替え一枚すら持っておるまい」

「いかにもそれがし、懐に一文も持っておりませぬ。ですが、これはそれがしの難儀であって、そなた様とはなんの関わりもござらぬ」

突然始まったふたりの問答を三宅道場の門弟衆が興味深げにきいていたが、花が突然、

「神石嘉一郎様、そなた、どこぞで路銀を紛失されたのですか」

と口を挟んだ。

「いえ、国許を出る折り、なにがしか金子は持っておりましたが、佐伯藩の領地から大坂までの船代を払ったところ、無一文になりました」

嘉一郎は経緯を大雑把に伝えた。

「それは大変だわ。そうか、うちの道場に道場破りに入ったのも金子が無かった

からかしら」

「花さん、全くそのとおり。この神石嘉一郎は、金子がなくとも武者修行はできるという甘い考えの持ち主でしてな、そのくせ、道場破りと呼ばれるのは嫌だというのだ。かようないい加減な考えで武者修行が続けられると思われますか」

と助八郎が花に質した。

「そうね、どのような場合にもある程度の金子は要るわね」

と言った花が道場主の三宅八左衛門を見て、

「師匠、こちらの道場では腕自慢の田野倉八蔵さんがいなくなりました。失礼ながら、当道場で神石様を凌ぐ技量の者は師範を含め一人もおりません。どうでしょう、この際、神石様を三宅道場の師範のひとりにして、なにがしか給金を支払われては。神石様に稽古を付けてもらうとわたしどもの技量が上がるのではございませんか」

と掛け合った。

「住まいはどうする」

と道場主が問うた。

「むろん道場の長屋に住んでいただき、三度三度の食事も道場の食堂でお出しします。そのうえで、給金はそうだわね、あれこれと物の価が高いから」

と花が話を先に進める前に、助八郎が、

「待った、花さん、そなたとそれがしのふたりで道場主どのに掛け合いだ」

と加わり、当人の嘉一郎が問答に入る隙はなかった。

第四章　追跡行

一

神石嘉一郎は、三宅道場に居候して門弟衆を相手に指導を始めた。剣術の指導は慣れた嘉一郎であった。丁重にして懇切な教え方は評判がよかった。

毛利助八郎は、嘉一郎が三宅道場に世話になるのだからと給金を断ると、いつの間にか嘉一郎の前から姿を消していた。

この日も門弟衆と竹刀を交えて朝稽古を二刻半（五時間）ほど熟し、そのあと、自らの独り稽古に打ち込んだ。その稽古の最後には薩摩の刀鍛冶波平行安が鍛造した長刀二尺四寸一分にて抜刀を繰り返した。鉢巻で両眼を塞いでの抜刀技だ。

佐伯藩毛利家城下の三神流隈恒忠道場には居合術の師範はいなかった。

嘉一郎は三神流の稽古のあと、独創の抜刀技を工夫してひたすら繰り返してきた。道場主の隈は無言で注視するばかりで声をかけることはなかった。一方、嘉一郎の兄弟子たちは、

「あやつ、本気で剣術家になるつもりか」

「徒士並の神石家は格別貧乏だったゆえ、こんどは剣術で生計を立てる気ではないか」

「剣術で金が稼げるか」

「よしんば奴に道場破りの技量があったとしても、どこの剣道場も内所はひどいわ」

「だが、嘉一郎が覚悟を決めれば、やくざ者の用心棒でも辻斬りでも為して金を稼ぐことができよう。嘉一郎に泥水を呑む覚悟がありやなしや」

と言い合った。

兄弟子たちのささやきをよそに嘉一郎は、ひたすら三神流の剣術とともに独創の抜刀技を磨いてきた。

三宅道場の門弟衆との指導のあと、嘉一郎は独り稽古を為した。波平行安を使い、抜刀技を繰り返した。その折り、鉢巻で両眼を閉ざすこともあった。

この日、いつものように目隠しをしたまま行安の抜刀を繰り返していると、三宅道場が不意に静かになった。

嘉一郎の抜刀技に殺気というか、凄みが感じられたからだ。

何者かが嘉一郎に近付く気配がして、

「神石嘉一郎」

と名が不意に呼ばれた。

どこかで聞き知った声音だった。

「そのほう、旅に出て居合術を覚えたか。それとも佐伯城下ではその技隠しておったか」

嘉一郎は、波平行安を鞘に戻し、鉢巻を外しながら、

「下野江睦様、何用でございますな」

と稽古の邪魔をした人物を凝視した。

下野江の傍らに文弥が困惑の表情で立っていた。

「神石様、ご存じのお方ですよね」

と念押しした。

嘉一郎は文弥に頷き、佐伯藩の徒士並であった時分の上役、銀奉行にして浦奉行の下野江を見た。

「嘉一郎、そなたに用事があるのではないわ。毛利助八郎どのとそなた、旅をいっしょにしておるはずと、そのほうらが乗った荷船庄屋丸の船長親子が教えてくれたのでな。そなたらを、この大坂で下ろしたそうな」

助八郎が携えている佐伯藩毛利家の家宝、古備前友成を追及する人物が、なんと浦まわりの上役下野江睦とは、嘉一郎は驚いた。まず影目付あたりが助八郎を追捕すると考えていたからだ。

「それがし、助八郎どのと旅を共にしてはおりませぬ。あのお方がそれがしに付きまとうておられたのです」

「ただ今どこにおるな」

嘉一郎は、知らぬ、という風に首を横に振った。

「付きまとうとはどういうことか。嘉一郎、それがし、中老の横手武左衛門様から直にご用命があって、そのほうに糺(ただ)しておるのだ。虚言を弄するなどできぬぞ」

「下野江様、それがし、もはや佐伯藩毛利家に関わりはございませぬ。あらぬ咎を疑われて藩を放り出された身でござる。家老であろうと中老であろうと、もはやそれがしの主でも上役でもありませんでな」

「おお、そのこと、蒲戸浦で庄屋どもに経緯を聞いたで承知だ。嘉一郎、そのほうが望むならば元の御役目に戻してもよい。その代わり、それがしを手伝え」

「なにを手伝えと申されますな」

「決まっておろう。毛利助八郎様が携えておる家宝の古備前友成を取り戻す手伝いじゃ」

しばし昔の上役を見た。

「なんぞ不満か」

「下野江様、もはや佐伯藩毛利家になんら関わりなしと申し上げましたぞ」

「とくと聞け。それがしが中老横手様に願えば、それなりの御役に就くこともありうるぞ」

「いえ、どこの大名家であれ、家臣などなりとうはございません。藩を追われて旅を続けておりますが、好き勝手のただ今の暮らしが合っております」

「そのほう、得意の三神流で道場破りを為して金を稼いだか。さようなことは滅多にあるものではないぞ。うむ、この道場の師範の職でも得たか」

と周りを見廻した。

「下野江様、こちらの道場では稽古をさせて頂いておるだけです。道場破りを為してもおりませぬぞ」

「それで暮らしが立つか。若いうちはよいが」

と言い掛けた下野江が、

「そなた、真に毛利助八郎様の行方は知らぬのか」

と問い質した。

「存じませぬ。あのお方も例の刀の他には、路銀など持っておられません」

「まさか毛利家の家宝の古備前友成を売り払ってはおるまいな」

「と、思いますが」

と応じた嘉一郎は、傍らで両人の問答を聞く文弥が、助八郎と親しく話していたことを思い出した。

「文弥どの、そなた、毛利助八郎どのが大坂のどこに住まいしておるか承知か」

「助八郎様はもはや大坂にはおられません」

文弥はあっさりと告げた。

「なに、どこぞに参られたか」

「あのなんとかいう銘刀を売るならば、大坂より武家の都江戸が高く売れると申されたのは、神石嘉一郎様なのではございませんか。江戸で刀を売ると申されて、淀川の三十石船に乗られましたよ」

「なんと、助八郎どの、藩の宝を江戸で売るとな。そのほう、さような無益なことを告げたか」

「たわいもない雑談のなかでのことです」

と嘉一郎が言い訳した。

下野江が、

「ううーん」

と唸り、

「それがし、江戸へ行くことになるのか」

となにか思案する表情を見せた。

「文弥どの、助八郎どのはあの刀以外、金目のものはお持ちではあるまい。ようも路銀の工面が付いたな」

「神石様は、剣術は強いが思案は甘いですね」

と文弥が言い放った。

「甘いとはなんだな」

「あのお方、刀の他に象牙の根付をふたつお持ちで、そのひとつ、『鶏合わせ』と名付けられた根付をうちが口を利いた旅籠の主に五両二分で売って路銀を造られました。大変な逸品だそうで、名人と呼ばれる職人が何年もかかって彫り上げたものだそうです」

と文弥は驚くべきことを告げた。

「驚いたわ。助八郎どの、刀の他に根付まで隠し持っていたか。毛利家の妾腹の三男坊どの、なかなかの知恵を持っておられるな」

嘉一郎はいっしょに旅した助八郎のことを全く知らなかったと気付かされた。

下野江も驚きに言葉を失ったか、黙り込んでいた。

「あのお方の強(したた)かさが分かりましたか。商いの町、大坂の商人相手に根付を高く売り払うくらい朝飯前かもしれませんね、神石様」

と若い文弥が言うのに、嘉一郎は、

「ううーん、助八郎どの、やりますな。いつ、その淀川三十石船なる舟運に乗り込まれましたな、文弥どの」

「二日前です。今ごろは京に居られましょう。江戸へ行くにはどうすればいいかと聞かれたので、私が行き方をお教えいたしました」

翌々日の早朝、下野江睦と神石嘉一郎の両人は、淀川三十石船に八軒家の船宿から乗り込んでいた。

季節はいつの間にか、時折雪がちらつく師走に入っていた。

十一里余（約四十五キロメートル）の大坂と京の伏見の間を結ぶ三十石船は、全長五十五尺（約十七メートル）、幅八尺三寸（約二・五メートル）だ。かような船に最大二十八人の乗客を乗せて、上りは半日がかりで船を曳きあげ、夕暮れ前に京の南、伏見に到着するという。

早上り三十石とも呼ばれる乗合船は、幕府公認の過書船のひとつで、大坂天満にある八軒家から京の伏見に向かう上り船だ。

神石嘉一郎は昔の上役の下野江睦に口説かれて京への船旅をすることになった。なにしろ路銀など一文も持たぬ嘉一郎だ。差し当たって京まで三十石船の船賃も飲み食いも下野江持ちというのを聞いた文弥が、

「神石様、いい話ですよ。大坂から京まで無料の早上り三十石船で旅ができるなんて滅多にありませんよ」

と勧めてくれた。

下野江もまた見知らぬ京への独り旅を不安に思っていたのだ。

ざっかけない苫屋根の下、胴の間に座り、淀川の右岸に設けられた犬走りと呼ばれる曳き場から褌(ふんどし)ひとつの船頭四人が船を曳くのを見ながら、

「嘉一郎、そのほうは気楽な旅じゃのう。船賃も飯代もそれがしが払うのだ」

と下野江が皮肉を言った。

「誘われたのはそなた様ですぞ」

「まあ、そうだがな」

「お聞きします。中老の横手様に頼まれての御用と聞かされましたが、横手様は路銀をいくらそなたに渡されました」

「なに、そのほう、わしの路銀に目をつけたか」

いつしか武家方の自称それがしから気楽なわしへと変わっていた。

「まあ、そうです。佐伯城下におる折りは金子などさほど要りませんでした。ですが、旅に出ればすべて物事をこなすには銭が要るということを嫌というほど思い知らされました」

「そのほう、蒲戸浦にて庄屋どもから五両の金子を受け取らなかったか」

と下野江が問うた。

「よう承知ですね。いかにも長年浦まわりの役目をようやり遂げたというので、五両頂戴しました」

「いくら残っておる」

「一文も残っておりませぬ。佐伯藩から荷船庄屋丸に乗って大坂に着いた途端、船賃として五両そっくり払わされました」

「な、なに、無一文か。そこでわしの路銀に目を付けたか」

「下野江様、そなた様おひとりで毛利助八郎どのから古備前友成を取り戻すことができると、お考えですか」

嘉一郎の問いに下野江が黙り込んだ。嘉一郎以上に旅には慣れておらず、まして京から江戸に向かおうとする助八郎と面会するだけでも難儀と思っていることが、表情に漂っていた。

「下野江様、独り旅を為したいならば、それがし、次の船着場で下りてもようございます」

「わしに独り旅をせよと申すか」

「ただの旅ではありません。古備前友成を取り戻す旅ですぞ。それも相手は強かな毛利助八郎どの。どうなされますかな」
「そのほう、京を承知か」
「徒士並六石二人扶持のそれがしですぞ。京など夢にも見たことはありません
ぞ」
「わしもないわ。京を知らぬ者同士がふたりより集まって力になるか」
「そうですね、路銀をお持ちのそなた様と無一文のそれがしの違いはなんでござ
いましょう」
「路銀を持つ者と無一文の者の違いは比べようもないわ」
と下野江が言い切った。
「いえ、金子は使えば早晩無一文になります。ただ今無一文の神石嘉一郎は金子
に頼れません。ただし、それがしには三神流の免許持ちの技量がある。最後は、
道場破りでもなんでも致す所存です」
と己に言い聞かせるように告げた。
「そのほう、道場破りを毛嫌いしていたのではないか」
「飢え死にするとなれば、悠長なことは言っておられませんぞ。それがし、旅に
出て考えを変えざるを得ないと悟りました。ゆえに上役だったそなた様に路銀は

いくらお持ちかとお聞きしました」

　ううーん、と呻った下野江が、

「ご中老はわしに七両を渡され、古備前友成を取り戻し、金子が残っておれば返却せよと命じられたわ」

「なんともけち臭い頼みを引き受けられましたな、まあ、佐伯藩ではそんなものでしょうか。で、ただ今いくら懐に残っておりますな」

「六両、いや、六両二分三厘と銭が六十八文」

「下野江様、二人旅ならその程度の金子は十日もせぬうちに消えてなくなりましょうな。となれば十日以内に刀を取り返さねばならぬ。いや、取り返したところで路銀がなくては豊後佐伯城下には戻れません。京には佐伯藩の屋敷なんてありませんぞ」

「ど、どうすればよい、嘉一郎」

「ここは思案のしどころです」

　と嘉一郎が答えた時、川の上から女の歌声が響いてきた。

　ヤレサー　伏見下(さが)れば　淀とはいやじゃ

ヤレー　いやな小橋をとも下げに
ヤレサー　ヨイー　ヨイヨー
ヤレサー　淀の上手の千両の松は
ヤレー　売らず買わずで見て千両
ヤレサー　ヨイー　ヨイヨー

「お侍さん方よ、餅くらわんか、酒くらわんか」

と小舟が三十石船に寄ってきて女衆がふたりに目をつけた。下野江が応対しようとするのを止めた嘉一郎が、

「おお、よう来たな。餅も酒も無料なれば頂戴しよう」

「おう、唐変木侍、くらわんか船の品がただのはずないやろ」

「なかろうな。だがな、わしら、大坂で博奕にてとことん身ぐるみはがされたわ。一文なしじゃ、なんならわしの懐を探ってもよいぞ。おお、そうだ、この界隈に気の利いた働き口はないか。一日二分と言いたいが一分でもよいがのう」

「抜かせ、アホンダラ。一昨日、来さらせ」

と女衆が叫んでくらわんか船が次の客のところに行った。

「嘉一郎、気分を変えたい。酒を二合ほど頼まぬか」

「下野江様、二合の酒ですと、そなたのふところの金子が半分ほどになっても知りませんぞ」

「なに、淀川の物売りはそれほど業突張り(ごうつくば)りか」

「大坂の船宿の主に、くらわんか船の恐ろしさを懇々と教えられました。それでよければくらわんか船、呼び戻しましょうか」

嘉一郎の言葉に下野江が黙り込んだ。

二

いっぱいの客を乗せた淀川三十石船は船頭と人足の力で夕暮れ前までに伏見の河港に着いた。

船着場に雪が舞っていた。

「下野江様、船頭衆の働きぶり、大変でございますな。それがし、下野江様に頼れぬとすると、船頭見習にでもなろうかと考えましたが、やはりそれがしには無理だ」

と嘉一郎が正直な気持ちを告白した。

「だれがそなたを伏見で放り出すというた。われら、一刻も早く助八郎どのを見つけねば佐伯藩に戻れぬ身じゃぞ。京の宿をどうするか、船着場のだれぞにそのほう聞いてこよ」

と下野江が命じた。

嘉一郎に帰藩を望む気持ちは毛頭ない。だが、下野江はなぜかそう信じ込んでいた。

「助八郎どのはこの伏見で一夜を過ごしたのでしょうか」

「助八郎どのは旅慣れぬのだ。この刻限から京に向かうよりこの地で投宿したと考えるのが道理であろうが。そのほう、あちらの船宿に質して参れ」

と下野江が曖昧な推測の確認を命じた。

嘉一郎は当面下野江の同行人になって過ごすのがよかろうと思いながら船宿に向かった。なにしろ無一文なのだ、他に選択する道はなかった。

淀川三十石船の伏見の船宿はそれなりに大きな建物数軒が競い合って商いをしていた。嘉一郎らが乗ってきた三十石船の乗客たちの五、六人が馴染みの船宿に足を向けていた。

嘉一郎は助八郎の容貌を伝えて、

「かような侍が二日前に投宿しなかったか」

と番頭と思しき男衆に質した。

しばし嘉一郎の形を見ていた男衆が、

「あんさん、伏見の船着場には一日何百何千もの客が乗り下りしはるのや。お侍かて仰山いてはる。名も分からんと探してはるのんか」

「名は毛利助八郎と申して小柄な若侍だ」

「うちにそないなお侍は泊まったはりません」

と面倒な用件と考えたか、あっさりと答えた。二軒目の船宿もなんの手がかりもなかった。だが、三軒目の「伏見一番」なる古びた板看板がかかった船宿の番頭は、

「小柄な若侍さんどすか、一応絹物やったけど、かなり着古したはりましたな。西国訛りやったな」

「おお、その者かもしれん。こちらに泊まられたか」

「旅籠代を言うたら、京に行きたいのやけど歩いたら何刻かかるか、聞かはったわ。そうや、形にしてはな、脇差はけっこうええもんどしたけど路銀は持っては

りません」

船宿『伏見一番』の番頭はなかなか人を見る眼を持っていた。

「おお、その者、宿にも泊まらず徒歩で京に向かったか」

「いや、わてがな、知恵つけたってん、大坂からの荷を京へ運ぶ高瀬舟の手伝いをしまへんか、ほなら船賃半分で乗せたるわ、いうたら直ぐにわての話に乗らはりましてん。ついでに京の高瀬舟が着く一之舟入そばの安宿『老舗一之舟入』も教えたったで。そや、その折り、もうりなんたらて名乗らはったかな」

まずこの番頭が会った人物が毛利助八郎に間違いないと嘉一郎は確信した。

嘉一郎が船着場に戻ってみると、下野江はどこで購ったか、串だんごをむしゃむしゃと食っていた。

「歩いていけるところに助八郎どのの旅籠があったか」

「下野江様、串だんごなんぞのんびりと食っておる場合ではありませんぞ」

と番頭からの話を告げた。

「なに、助八郎どの、この伏見に泊まらず京に向かったか」

「船宿『伏見一番』の番頭が助八郎どのと思しき人物に、高瀬舟の着く京の一之舟入界隈の安宿を紹介したそうです。われらも高瀬舟に乗せてもらい京に向かいませぬか。今晩にも助八郎どのに会えるかもしれませんぞ」

「京へは徒歩でいけぬか」

「伏見から一之舟入のある二条大橋たもとまで未だおよそ三里（約十一キロメートル）ございましてな、夜の徒歩旅は難儀だそうです。ほれ、あそこに舫われた高瀬舟と呼ばれる荷舟に人も乗せてもらえるそうです。今出れば今晩じゅうに、四つ（午後十時）前には京に着くそうです。船賃は」

と嘉一郎が言い出すとだんごを食い終えて串を投げ捨てた下野江が、

「わしがそのほうとふたり分の船賃を払ってくる」

と高瀬舟の船頭のところに向かった。

ようやく荷を積んだ高瀬舟の端っこに最後に乗り込んだふたりを確かめた船頭が舫い綱を外した。ほぼ褌ひとつの曳き子たちが四人、岸辺の道に麻綱を手に構えていた。

「京の船泊まりまでの高瀬舟やぞ」

だれに向かってか、船頭が大声で叫ぶと曳き子たちが、

「ほーいほーい」

の掛け声を合わせて引き始めた。

「まるで淀川三十石船と同じですな。あちらは人が主だったが、こちらの高瀬舟は荷が主役ですか、われら人間は荷の傍らにひっそり乗せてもらいますか」

と嘉一郎が独り言を漏らした。

高瀬舟の全長は四丈ほど（約十二メートル）、幅は六尺ほど（約一・八メートル）、三十石船をひと廻り小さくしたような船体だ。そんな高瀬舟のあちらこちらの荷の間にそれなりの人が乗っていた。お上には内緒で船宿が人を乗せて稼いでいるのだろうか。

「嘉一郎、そなた、荷舟が嫌ならば人足たちを手伝わぬか。なにがしか稼げるかもしれんぞ」

と下野江が言い放った。

「それがしが加わったところで、曳き子衆の邪魔をするだけですぞ。それより武士がかようなことは口にしたくございませんが、下野江様、腹が減りましたな」

「嘉一郎、助八郎どのの居場所を見つけるまで我慢がまんじゃ。京に着いたら夕餉を馳走するわ」

下野江は串だんごを食したせいで悠然としていた。暮れゆく両岸の家並を見ながら、

「京というからもそっと繁華と思うたが、佐伯城下とそう変わらぬな」

などと嘯いた。

ふたりの傍らでは小僧を従えた老人が竹筒に入れた酒を飲みながら、旨そうな弁当をふたつ広げていた。どこぞの大店の隠居の風情だ。

嘉一郎は旨そうな弁当を見ぬように両目を瞑り、京に着いたらなんぞ金子を工面する方策を思案せぬと、にっちもさっちもいかぬな、などと思っているうちになんとなく空腹を抱えて、とろとろした眠りに就いた。

どれほど眠っていたか。突然、大声が響いた。

「そのほう、懐に何両も持っておったな、命は助けてやるから出せ」

とか、

「全員有り金を膝の前におけ」

という声が聞こえて嘉一郎は眼を開いた。

「お客さん、冗談にも強盗の真似ごとなんかせんといてえな。高瀬舟の船泊まりはだいぶ先や。もう少し我慢しいや。京に着いたら町中ではなにをしてもええわ、舟ではあかん」

かようなことに慣れているのか、船頭が平然と応対していた。あるいは船頭と強盗は一味なのか。

「冗談ではないぞ。客どもから残らず銭を頂戴する。ほれほれ、そのほうから、この布袋に財布を入れよ」

三人組と思しき浪人のひとりが下野江睦に命じた。

「それがし、そのほうらに金子を渡す謂れはないぞ」

と下野江が震え声で応じて、きょろきょろと辺りを見ていた。

「ほれ、最前の銭を出せ。そのほう、確か六両二分三厘と銭が六十八文持っておったな」

どうやらこの三人組も淀川三十石船に同乗していたらしく、下野江の言葉をしかと覚えていた。それにしてももの覚えのよい強盗だった。下野江は、嘉一郎の姿でも探しているのか。だが、下野江の背後に無言で控える元配下に気付かない様子だ。

「あんたら、止めとき。京の十手持ちは厳しいで。強盗なんぞしてみい、牢格子に押し込まれて、細身の樫の棒で殴られんで。下手な芝居は終わりや」

やはり船頭は強盗の仲間ではないのか、そんなことを告げた。それにしても京の船頭はなかなか腹が据わっているなと嘉一郎は、しばらく様子を見ることにした。

「船頭、芝居ではないぞ、本気よ。われら、牢破りでな。いささか金子に困っておるのだ」

と船に立ち上がったのは銭を入れる布袋を持つ仲間のふたりだ。むさ苦しい形の三人組の浪人がにわか強盗に変じた姿だった。

金を集める浪人は布袋といっしょに手槍を持ち、仲間のもうひとりはこれみよがしに木刀を片手で素振りしてみせた。なかなかの業前か、木刀が川風に鳴った。

下野江と話していた浪人が船頭のところに素早い動きで近寄ると大刀を抜き放ち、船頭の首筋に突きつけた。代わって手槍の浪人が鞘を外し、下野江睦に突き出して槍先を顔の前で前後にしごき、無言で迫った。

「こ、これは御用金でな、そ、それがしの銭ではない。ゆえに、そ、そなたらに渡すわけにはいかぬのだ」

と下野江が震え声で応じた。

「御用金であろうと、そのほうの銭であろうと金子に変わりないわ。出せ、死にたいか」

「わ、分かった。肝心な折りにどこへ行きおったか、嘉一郎め」

と漏らしたとき、下野江の背後から嘉一郎がゆらりと立ち上がり、携えていた木刀を手槍の無精ひげの顔面に気配もなく片手殴りに叩きつけた。

「ぎゃあー」

と叫んだ無精ひげが手槍を放して高瀬川の流れに落ちていった。

「やりおったな」

木刀を片手で素振りしてみせた浪人が嘉一郎に飛び掛かるように木刀を振るった。

だが、木刀での打ち合いならば嘉一郎が得意とするところだ。相手の木刀を叩き落とした嘉一郎の木刀がふたりめの強盗の胸を突くと、こちらも流れに落水した。

大刀の抜き身を船頭の首筋に突き付けたひとりが仲間が流れに落とされた光景に思わず視線をやった。その隙をついて船頭が太い腕でこの強盗の首筋を殴りつけ、足で船から水面に蹴り落とした。

「おお、お客さん、助かったわ。あんたはん、大層な腕前やな。このご時世、侍の形をしてたかて、なんの役にも立たんわ」

とまず嘉一郎を褒め、最後は下野江睦を見ながら言い放った。

三人の強盗どもが消えて落ち着いた高瀬舟に嘉一郎が腰を下ろした。すると傍らに座していた隠居風の老人が、

「助かりましたわ。わてな、大坂の出店から託された売上げの金子を巾着に持っとるんや。師走にこの金子を奪われたら、わて、倅に合わせる顔がおへんわ」

と言いながら嘉一郎に向かって合掌した。

「ご老人、成り行きでござる」

となるだけ老人の膝の前に広げられた弁当を見ぬようにして答えた。

「いや、船頭の言葉ではおへんが、大小差した侍かて、頼りにならしまへん」

と言い切った老人が、

「あんたさん、最前から腹の虫が鳴いとりますな。この弁当、まだ手をつけておへん。食べなはれ」

と箸を添えてひとつを嘉一郎に差し出した。

「いや、京に行けば夕餉が待っており申す」

と眼の前に差し出された弁当を見ぬようにして虚言で応じた。

「最前からお仲間のお侍さんとのお話を聞いとりましたけど、どうやろな、京にはな、食いもの屋は仰山ございます。そやけど、どこも高うおす。あんたはんの

お仲間はんが馳走してくれはるまでのつなぎや」

と嘉一郎の手に押し付けようとした。

老人は下野江との問答を承知で弁当を差し出していた。

「ご、ご老人、そなた方の弁当であろう。小僧どのと食べなされ」

と嘉一郎は頑なに断った。

「小僧にはもう一つ弁当がありますがな。わては酒が大好きでしてな、これさえあれば満足や。京の人間はケチンボやと世間の評判やけど、たまにはこないなこともします」

と嘉一郎の手を取り、弁当を持たせると、

「あんたはんが弁当を食べはるのんを見ながら酒を飲ませてもらいます」

長年使い込んでいい色をした竹筒の酒を持参の猪口に注いで、くいっ、と飲み干した。

一方嘉一郎は酒をうまそうに飲む老人に誘われて、思わず花見弁当のような馳走に箸をつけていた。

「おお、これは絶品です、上方の食事はかように美味にござるか」

「食い物は大坂やと威張らはるお方がおりますけど、京の食いもののもなかなかやで」

「かような美味しい食い物をそれがし食したことがござらぬ」

恨めしそうに下野江睦が嘉一郎を見た。

「お侍はん、出はどっちや、生まれ故郷のことや」

「それがし、西国は豊後国佐伯藩でござります、辺鄙(へんぴ)な在所でしてな。京はどのようなところでござろうか」

「高瀬舟が着くとこやがな、鴨川右岸に沿って流れる川辺、高瀬川あたりが京の中心や、楽しみに待っときなはれ」

と酒を悠然と楽しむ老人と問答をしながら嘉一郎はいつの間にか弁当を食し終えていた。

「ご老人、馳走に相なった。最前も申したがかようにうまい食いものを食したのは初めてでござる。旅が楽しみになって参った」

「御用旅ではなさそうやな」

「おお、つい忘れておった。それがし、神石嘉一郎と申し、武者修行の途次にござる」

「なんとこのご時世に武者修行かいな。どうりで度胸もお持ち、木刀の使い方が上手なはずや」

　と褒めてくれた。

「お仲間はんも武者修行か、いや違うな。最前の強盗への処し方では武者修行ではないな」

　下野江を見ながら老人が言い放った。

「違いまする。同じ藩の元上役でござってな。偶さか佐伯城下の浜から同じ荷船に乗り合わせたのです」

「あちらはんは御用旅やな」

「いかにもさよう。藩の宝の刀を持ち出した者から刀を取り戻す役目を命じられたのだそうで」

　と小声で囁いた。

「ははあ、あのお方、あんたはんの剣術で助勢してもらおうと考えてはるのやな」

　と老人は下野江睦の下心を見抜いていた。

「さあてどうでしょう」

「あちらはんは御用旅、路銀は持ってはるけど、剣術の腕前はあきまへんな。そや、雇うてもらいなはれ。けど、どうみてもケチンボやから、あんさん、いっしょに旅するのんは嫌なん違うか」

「はあ、ご老人が見抜かれたように、上役だった御仁と、いまさら旅をいっしょにしたくはございません」

「困りましたな」

と手にしていた猪口の酒を、くいっ、と飲み干した。

「京というところ、それがしのような貧乏侍が働ける場がござろうか」

「京は江戸と違て、侍はんの働き口はあまりおへんな」

「町道場はありましょうか」

「道場破りをする気かいな」

「いえ、道場の師範かなにかで雇うてもらいたいと」

「考えはりましたか」

と空の猪口を手で弄びながら、

「この高瀬舟が着く一之舟入辺りにはあれこれと老舗のお店があります。わてが口を利いてみましょ」

「有難い」

「あんさんの名はなにやったかいな。歳とるといっぺんで覚えられへんわ」

「神石嘉一郎にござる」

「おお、強そうな名や。倅にも聞いてみますわ」

と言い切った。

そんな嘉一郎の背を突く者がいた。振り返ると、いつの間にか下野江睦が老人との話を盗み聞きしていたようで、

「おい、嘉一郎、そのほう、それがしと別れる心算か」

「話を聞かれましたか。それがし、ご存じのように一文なし。京に着いたらなんとしても路銀を稼がねばなりません」

「わしを手伝って助八郎どのから刀を取り戻せば、藩に戻ることが出来るのだぞ」

「それがし、藩に戻る気はさらさらございません。それよりこのまま剣術修行がしとうございます」

「老人、京では剣術が少しばかりできるというて、金子が稼げるものか」

下野江は嘉一郎が話していた老人にいきなり聞いた。

「うーん、だれもが出来ることやおへんな。けどな、この神石嘉一郎はんの腕

前やったら、あるかもしれまへん。すべては京に着いてからや。この舟は、一之舟入という高瀬川のどんづまりに着きます。うっとこもその界隈で船宿と旅籠をやっておりますのでな」

と老人が嘉一郎の顔を見ながら約定してくれた。

「嘉一郎、わしを見捨てるではないぞ。いいか、京に着いたらとくと相談しようではないか」

と下野江が懇願した。

三

高瀬川は鴨川の西側に平行して走る人工の流れだった。平底の高瀬舟の船べりから手を差し伸べれば水底に触れられた。

「慶長十三年(一六〇八)といいますさかい、今から二百十二年前に、洛東にある秀吉さんゆかりの方広寺大仏殿の再普請の際、豪商の角倉了以(すみのくらりょうい)はんが材を運ぶことになりましたんや。鴨川は当時暴れ川として有名で、水運には難儀しはったそうや。了以はんはこれから向かう二条大橋の西口から鴨川の水を引き込んでな、わてらが高瀬舟に乗った伏見まで水路を通してくれはったおかげで、大坂まで楽に行き来できるようになりましたんや」

酒を時折舐めるように飲みながら、老人は京を知らぬ嘉一郎に懇切にもあれこれと説明してくれた。

師走の五ツ(午後八時)過ぎになり、川端の常夜灯に灯が入り、清らかな水面にきらきらと映えてなんとも美しかった。

(なんと雅な都であろう)

嘉一郎は一瞬にして京の佇まいに惚れた。

「最前も言いましたけど、わてらが向こうてる一之舟入は昔からあれこれと京の外から運ばれてくる物産の降し場や。船問屋を始め、材木商、石材屋、米問屋など大店が軒を連ねてな、今は賑やかな町になっております」

「ご老人も船問屋と旅籠の商いをしておられますか」

「へえ、わてが七代目でな、倅に八代目を譲りましたわ」

この話を聞いた下野江がふたたび身を乗り出してきた。

「老人、われらが高瀬舟とやらに乗り合わせたのもなにかの縁、そなたの旅籠に泊まらせてくれぬか」

といきなり乞うた。

しばし下野江を正視して間を置いた老人が、

「わてはもはや隠居どす。倅の代になっておりますさかい、倅や番頭に聞かんときちんとした返事はできしまへん」

と遠回しに拒んだ。だが、

「隠居というても大坂に掛け取りに行くほどではないか。なんとかならぬか」

と強引な口調で下野江が食い下がった。

「下野江様、かような場でいきなり為す頼みごとではありませんぞ」

と嘉一郎が口を挟んだ。

「嘉一郎、差し出口を利くでない。わしの頼みだ」

「ゆえにあちらに着いて、当代の主どのや番頭にお尋ねすると申しておられます。その折りまで待たれたらどうでしょうか」

と嘉一郎が遮った。

老人は黙って猪口を弄(もてあそ)んでいたが、「礼儀知らずやな」と呟いて、竹筒に栓をしようとした。それを見た嘉一郎は、その場からふたりして離れようと下野江に表情で合図した。下野江に続いて嘉一郎が立ち上がると、

「わては礼儀知らずに言うたんどす。あんたはんは離れんでよろし」

と竹筒の栓を持ったまま引き留めた。

面と向かって礼儀知らずと蔑まれた下野江が、むっとした顔で舌打ちするとひとり離れていった。

「ご老人、元の上役が野暮な真似を致しまして、ご不快に思われたことでしょう」

「いえな、あの手合いは京にも仰山おります。あんたはんは気にせんでよろし」

嘉一郎はしばし思案した末に、

「ひとつ、問いがございます」

「いうてみなはれ」

「藩の宝を持ち出した御仁に、伏見の船宿『伏見一番』の番頭が京の安宿を教えたそうです。ご老人は『老舗一之舟入』なる宿をご存じですか」

「ほう、『伏見一番』が、お侍さんがたに『老舗一之舟入』を安宿と言わはりましたか」

しばし訝し気な表情をしていたが、得心したように膝をひとつ軽く打った。

「承知しとります」

「ご老人が営んできた旅籠と入魂ですか」

「一之舟入界隈にはそれなりの旅籠が集まっております。けど、あれは、二十年ほど前の大火事やったかいな、あの界隈が燃えてしもうたんです。そのあと、一番最初に建てられた旅籠がなんと『老舗一之舟入』との看板を掲げましたんや。うちら、古手の仲間はだれも知らん『老舗旅籠』が現れて呆れ果てましたがな。派手な建物やさかい、直ぐに分かります。うちらほんまの古手旅籠で、その老舗さんと付き合う仲間はひとりもおまへん」

「それは、それは。それがし、大金が懐にあっても泊まりたくない旅籠です」

一文無しの嘉一郎は無責任な言葉を放った。

「京ではな、看板に自ら老舗とわざわざ謳う野暮を嫌います。うちら、野暮な名は口にしとうないんや、そやから、自ら老舗と名乗る旅籠を、モドキはんと呼んどります。船宿『伏見一番』さんは、その客人に不快を感じてわざとモドキはん、いえ、『老舗一之舟入』を安宿やいうて教えはりましたんや」

と言い切った。

嘉一郎は、毛利助八郎が投宿しているならば、まずこの旅籠に飛び込む心算だったが、老人の話を聞いて止めようと思った。もとより旅籠賃も持っていなかった。ゆえに最初から縁はなかった。

「その盗人が未だモドキ旅籠におるかどうか、調べさせまひょか」

「付き合いもないモドキ旅籠の客のことが、お分かりになりますか」

「京のな、古くからの付き合いは親密どすねん、付き合いをしたくないからこそモドキはんの内情は、万が一に備えて調べておりますんや。はい、モドキの奉公人にな、ふたりほどうちらの関わりの者を入れてます、まあ、密偵やな」

「なかなか京の商いは厳しゅうございますな」

「そうどすな、親密な付き合いを許されるんは、百年と言いたいが二百年ほどの歳月を要しますわ」

「驚きました」

「あんたはん、一文の銭も持ってまへんな」

「はい、自慢にはなりませぬが」

「最前のお方に世話になる心算かいな」

「迷っていましたが、話を聞いて決めました。独り旅がしとうなりました。これからどこぞの町道場を訪ねてみようかと思います」

「京の剣術の道場いうたらなんぼでもございますけど、この刻限から探すんは無理どすわ」

「一夜くらいどこなりとも過ごせましょう。それがし、武者修行の身ですからそのくらいは耐えられます」

「あんたはん、師走の京は厳寒どすえ。表は寒うおす」

「京はそんなに寒いところですか」

「山に囲まれてる京は底冷えします」

「底冷えですか、それは困った」

「一文無しのあんたはんと話しておるのに、困った感じがいっこもしまへんな」

と苦笑いした老人が、

「まあ、ええわ。あんたはんの今宵の泊まり場所と仕事をなんとかしましょ」

「ご老人、京には一文無しでも泊まれる宿がござるか」

「おへんな。うちに泊まりなはれ」

「ご老人のお宅も旅籠と船宿であったな。しかし主どのが許さないのではないか」

「船宿のな、住み込みの奉公人が寝る部屋に一夜を過ごしなはれ」

と老人が言ったとき、高瀬舟が向かう先に華やかな灯りが見えた。

「おお、この刻限に賑やかでござるな」

「あそこがわてが住む一之舟入どす」

と言った老人が、

「あれがうちの船宿と旅籠の『たかせ川』どす」

と指さした。

大店が軒を連ねるなかでも「たかせ川」は一段と堂々とした二階屋だった。

そのとき、

「じじ様、お帰りやす」

と若い娘のほっと安堵した声がした。十六、七歳の愛らしい娘をなぜか数人の浪人たちが囲んでいた。

「おお、お美乃、出迎えかいな、ご苦労はん」

と高瀬舟から立ち上がりかけた老人が、

「神石はん、孫どすわ。わては『たかせ川』の隠居の梅鶯どす」

と小声で告げて、視線を孫娘に戻すと、

「そちらのお侍はん方はうちの客と違いますな」

と孫に質した。

「違います」

と首を横に振った美乃が、

「最前からしつこう料理屋に連れていけと言わはりますんや」

「鴨川の河原なんぞを教えたったな」

「はい」

「ほならそれでよろし」

と言い切って高瀬舟から船着場に上がった祖父に美乃が歩み寄ろうとした。すると浪人のひとりが、通せんぼをした。

「お侍はん、うちの孫が迎えに来てくれたんどすわ、邪魔せんといてや」

「そのほう、この娘の爺か。なあに、娘がわれらの用事を済ませたら帰してやろう」

すでに酒が入っている風の大柄の浪人が言い放った。

問答で曰くを悟った嘉一郎は高瀬舟から木刀を手に梅鴛の傍らに飛び、娘と浪人の間にするりと身を入れた。

会釈を為した嘉一郎と浪人が顔を見合わせた。

「そのほう、何者だ」

酒臭い息が嘉一郎の顔にかかった。

「それがし、美乃の兄でしてな」

「なに、どう見ても在所侍の形をしたそのほうが京娘の兄とな」

「いかにもさよう。美乃、爺様の傍らに行きなされ」

「おのれ、われらの用が終わっておらぬわ」

と喚くと前帯にこれみよがしに挟んだ鉄扇を抜き、いきなり嘉一郎の顔を殴りつけようとした。

だが、嘉一郎の動きが素早かった。丸めた拳が相手の鳩尾を軽く突いて尻もちをつかせると同時に鉄扇を奪い取っていた。

「おのれ、こやつを流れに叩き込め」

と浪人組の頭と思しき羽織袴の者が仲間に命じた。

「おお」

浪々の剣術家仲間のひとりが叫んで、刀の柄に手をかけた。

そのとき、嘉一郎は尻もちをついた者を省いて四人の浪人たちの位置を確かめて、

「かような人込みのなかで刀を抜く真似など為してはなりません」

「叩き斬れ」

と羽織が命ずると三人が一斉に刀を抜こうとした。

間合いを詰めた嘉一郎の鉄扇が三人の右手を次々に叩き、

「お止めなされ」

と羽織姿の頭分を睨んだ。

「おのれ、許さぬ」

と頭分が叫んだとき、一之舟入の船着場で人々が、

「アホダラ浪人、恥をこれ以上かく気かいな」

とか、

「美乃のお兄さん、こやつらを高瀬川の流れに落としたって」

とか叫んだ。

「どうなさるな」

と頭分を見ながら、嘉一郎が尻もちをついた浪人の傍らに鉄扇を投げ返した。

それを見た頭分が、

「本日は引き上げじゃ。改めて参る。覚悟しておれ」

と捨て台詞を吐くと、仲間たちとともに早々に人込みのなかに姿を消した。

「美乃さん、怪我はないかな」

「兄さん、怪我なんぞしてまへん」

と娘が返事をした。

「おお、美乃、どや、兄さんの腕前は」

「じじ様、うちの兄さんとどこで知り合われたんどすか」

「おお、伏見からの高瀬舟のなかで知り合(お)うたんや。今晩はうちに泊めたってや。ただし懐は一文無しやから客やおへん」

という言葉で騒ぎが終わった。


次の朝、嘉一郎は梅鶯に誘われて京でも名が知れているという禁裏一刀流の荒(あら)賀(が)道場の豪奢な門前に立っていた。

前夜、「たかせ川」の使用人たちが寝る部屋に一夜を過ごした。


むろんその前に梅鶯の身内に紹介され、いささか遅い夕餉を馳走になった。その折り船宿と旅籠「たかせ川」の当代の主である倅の喜十郎(きじゅうろう)が、

「爺様、この時世に武者修行の若侍はんと知り合いになったんか。なに、京で一番の剣道場を知りたいのかいな、容易い話や。爺様も承知やろ、うちに時折来や

はる禁裏一刀流の荒賀公麿先生とこを」

「おお、うっかりしとったわ、そやそや、荒賀先生を忘れとったわ。歳はとりとうおまへんな。なんでも忘れよるわ」

と梅鶯が今日、道場まで案内してくれたのだ。

京一というだけあって雅な造りの式台付きの玄関から察するに道場も広そうに思えた。

「禁裏一刀流と称される流儀は、朝廷と関わりがございますので」

「そうどすな、京は元来江戸のように武家方は仰山いてはりまへん。ただ禁裏には古から禁裏人を守る武術がございましてな、禁裏一刀流がそれどすわ。わてには、江戸の武術と京のそれとの違いは、よう分かりまへんけどな」

と梅鶯が言った。

「となると、それがしはご隠居以上に分かりますまい。なにしろそれがしがかじった三神流は豊後佐伯藩に伝わる在所剣術ですから」

と嘉一郎が笑った。

「神石はん、どないな剣術もお能や謡ほどややこしことおへんやろ。木刀やら竹刀を構えての叩き合いですがな、勝ち負けがはっきりしとる」

「まあ、ご隠居の申されるとおり勝ち負けだけなら、初めて剣術を見る御仁にも分かりますな」

「そやそや、禁裏一刀流かて、叩き合いどすわ。神石はんの三神流が強いか、禁裏一刀流が神石はんを叩きのめすか、どっちかどすわ」

「ううーん、梅鶯様の見方ははっきりしておりますな。そうです、剣術なんてそう難しく思案したら、厄介になるだけでしょうな。それがし、宮本二天武蔵様の『五輪書』の技の説明は漠と理解できますが、『剣とは空なり』みたいな言葉は未だなんだかさっぱり分かりません。もっともこの言葉が二天武蔵様の言葉かどうかさえ定かではございませんが」

　と嘉一郎が苦笑いした。

「ほうほう、『剣とは空なり』どすか。その言葉が分かるには神石どのは若すぎるのと違いますか」

「いかにもさよう。それがし、修行が足りませんね」

「剣術も乱世の折りは、強いか弱いか、そのことが大事やったんと違うやろか。なにしろ命に係わるこっちゃ。ところが徳川さんの世になって、刀を振り回すことはあかんようになりましたな。城中で刀を抜いただけで腹を切らんならん。そんで赤穂浪士たらのあだ討ち騒ぎや。いまや剣術は実戦より作法が尊ばれるようになったんと違うやろか」

と梅鶯老人が滔々と剣術論を展開したとき、長屋門の陰から、

「おお、たかせ川のご隠居はん、大層な剣術論、えらいおおきに。そやな、業前より作法やらの時代に剣術家を志すのは、なんや不幸なことかもしれまへんな」

「なんや、禁裏一刀流の荒賀道場の和倉師範に聞かれてもうたか。なんや恥ずかしな」

と梅鶯が照れ笑いした。

「禁裏一刀流が強いか、こちらの若侍どのの三神流が強いか。確かに分かりやすうてよろしな」

と言った和倉師範が、

「ほんで、たかせ川のご隠居はん、こちらの若い衆がご隠居のいわはる三神流剣術の修行者どすねんな。それともうちに道場破りに来たんかいな」

「わてが案内してきた御仁や、道場破りやおへん」

「そやろな」

「この御仁、豊後国佐伯藩で剣術を修行しはってな、ただ今、武者修行の最中や。

わてとは、昨日な、伏見からの高瀬舟で一緒になって知り合いになったんや」

「ほう、このご時世、それも師走に武者修行かいな、ぜひうちで披露してくれはらへんやろか」

と和倉師範が嘉一郎に願った。

四

荒賀道場の広さは百五十畳ほどか。だが、立派な神棚のある畳敷きの見所では七、八人の老剣客たちが和気藹々と茶や酒を飲みながら稽古を見ているだけだった。

すでに現役を引退した隠居衆だ。そんな同門の大先輩が勝手に見守るなかで、現役門弟六十余人が木刀を手に粛々と稽古を為していた。道場全体に厳しさや険しさよりも、

「穏やかな雰囲気」

が漂っていた。

京の歴史を反映してか、禁裏一刀流の、強さだけでなく美しさを追求するよう

な稽古を見て嘉一郎は感動した。かような雰囲気の剣道場は初めてであった。

和倉師範が、烏帽子（えぼし）をかぶり公家を思わせる装束に身を包んだ道場主荒賀公麿に嘉一郎を京言葉で手早く紹介すると、荒賀が稽古を禁裏（きんり）訛りで止めた。そして、じいっ、と嘉一郎の体付きや挙動を凝視した。そのうえで、

「たかせ川のご隠居、神石嘉一郎はんといわはりましたかいな。このお方な、これまでご隠居が連れてこられた剣術家のだれよりも抜きんでておられますのがひと目で分かります。このご時世に、西国の豊後国佐伯から諸国行脚（あんぎゃ）の武者修行やて。だれでもよろし、お相手をしてくれはらしまへんやろか」

と声を掛けると、嘉一郎よりふたつ三つ若い五人が手を挙げた。

「おお、なんと世間を知らんうちの若麿衆かいな、よろしよろし。そうどすな、木刀でよろしいやろ、たんと教えてもらいなはれ」

と荒賀公麿が宣（のたま）った。

この五人は常に訪問者の剣術家の相手をしていると見え、順番があるのか、ひとりの若者が静かに嘉一郎の前に立った。

「宜しゅうお相手おたの申します」

大らかにして優美な口調で願われた嘉一郎は、

「こちらこそご指導をお願いします」

　と受けた。

　両人が木刀を構え合った。

　相手の若い衆が醸し出す雰囲気は、なんと評すればよいのか、ともあれ勝ち負けを競う気魄は見えなかった。それでいてどこにも弛緩した気配はないのだ。なんとも優美な立ち姿だった。

　京の剣術は嘉一郎が初めて接するものだった。若い嘉一郎よりもさらに若い門弟が雅な雰囲気を漂わせていた。

　ふたりは正眼の構えで対峙していた。

　道場の時の流れさえ大らかにもゆったりと進んでいくようだ。対戦するふたりだけが粛然として不動だった。

　不意に相手の木刀がまるで舞扇でも操るように横手に流れて、自らも嘉一郎の前で優美に回転した。それは緩やかな動きでありながら、隙が見えなかった。

　嘉一郎が強引に突っ込めば、間合いのうちに入るのだが、それを相手の緩やかな動きが優しくも拒んでいた。

　なんとも不思議な立ち合いだった。ならば付き合うしかないと嘉一郎は思った。

武張った西国の、

「速さと強さ」

を究めた動きを封じて正眼の構えを崩すと、剣術の基たる、

「米」

の字を木刀の先で大らかに描きながら、相手の舞に合わせて動いてみた。

それを見た梅鶯老と荒賀公麿道場主や和倉師範が顔を見合わせて、にっこりと微笑み合った。

若武者の動きを見習いつつ嘉一郎も思い付くままに舞っていた。

どれほどの時が流れたか。

阿吽(あうん)の呼吸で両人が間合いの裡(うち)に入り、互いの木刀を差し出した。木刀が絡み合った瞬間、相手の木刀が音もなく手から離れて床にころころと転がっていた。

若武者が笑みの顔で己の木刀を拾い、

「初めてどす。うちらの剣術を見たお方が真似しはったんは。いや、真似やおへん。このお方の動きそのものや」

と呟いた。

かような稽古が初めてなのか、木刀が飛んだことが初めてなのか、嘉一郎には

理解ができなかったが、

「それがしもかような立ち合いは、得難い経験にござった」

と会釈した。

続いてふたり目の若武者と稽古を続けた。

嘉一郎は三人目の相手の折り、額から汗が流れていることを意識した。

禁裏一刀流の若武者たちの動きは、嘉一郎が幼少のころから稽古してきた三神流より一見穏やかにもかかわらず、嘉一郎にはそれなりの疲労を齎していた。

五人の若い衆を相手に倒れることなくなんとか対応した。

道場主の荒賀公麿と和倉師範、嘉一郎を案内してきた梅鴛老の三人が立ち合いから戻ってきた嘉一郎を迎えた。

「言うたやろ、並みの剣術家やおへん。梅鴛さん、えらいお方をうちに連れてきやはったな」

と道場主が洩らし、嘉一郎に、

「驚きましたわ。禁裏一刀流をうちの若手五人衆との立ち合いで覚えはりましてんな。あんたはんのような御仁は初めてや」

と言い添えた。

「荒賀公麿様、それがし、冷や汗でござろうか、体じゅうが汗まみれにございます」

「ふだんはこの程度の稽古では汗は流れしまへんか」

「は、はい。禁裏一刀流、恐ろしや。奥が深うございます」

と嘉一郎は正直な感想を述べた。

「あんたはんの言葉、正直受け止めてよろしいな」

と梅鶯が嘉一郎に念押しした。

「ご隠居、いかにもさようです」

嘉一郎の返答にうんうん、と受けた梅鶯が、

「ほなら、しばらく京に逗留して荒賀道場に通いなされ」

「お願いしとうございますが、ちと事情がございましてな」

と答える嘉一郎を正視しながら間を置き、

「わてが承知の一件かいな」

と梅鶯老が問い返した。

「いかにもさよう」

ふたりの問答を聞いていた和倉師範が、

「このお方、仇討ちの追っ手にでも追われてはりますのんか」

と梅鶯老に質した。

「仇討ちの追っ手な、このお方にとっては仇討ちのほうがなんぼか楽なんと違うやろか。荒賀大師匠、和倉師範、この御仁、一文ももたんと武者修行をしてはるんや」

「そりゃ、えらいこっちゃ。一文無しで命を張った武者修行かいな。よう生きてはるな。ほんまかいな」

との和倉師範の言葉に嘉一郎が笑みの顔で応じた。

「さようなわけで、高瀬舟の船賃も払えず、こちらの道場で稽古をしたくともそれがし、稽古代を持ち合わせておりませぬ」

「神石嘉一郎はんといわはりましたかな、あんたはんの人柄やろか。稽古代をとろうなんてどなたも考えしまへんわ。反対にどこの道場も指導料を払わなならしまへんな。ただし」

と言い掛けた道場主が間を置いた。すると、

「うちの禁裏一刀流はな、禁裏と関わりがあることが大事どしてな、西国の出自の神石はんは、公にはうちに入門することも師範として教えることもできしまへ

んのや」

　と和倉師範が嘉一郎を見ながら言い添えた。

「荒賀大先生、師範、世間には何事も表と裏がおす。京もいっしょ違いますか」

「うーん、ご隠居にかかってはどもなりまへんな」

　と和倉が応じた。

「そこやがな」

　と梅鶯が苦笑いの顔で話柄を転じた。

「ご両人、この道場に神石はんが居てくれたらええとは思わはりますやろ」

「それはもう、この稀有な人柄はもちろん、うちの若手五人衆からすぐに技を盗んだ腕前に感嘆しましたえ、得難うおす」

「師範、そこで相談やけどな。この際な、うちの縁戚としてな、こちらへ臨時師範として働かせてもらえまへんか」

「なんやて、禁裏一刀流代々の金主、一之舟入の『たかせ川』の梅鶯老とこの親類かいな。そんなら無下にはできしまへんな。師範代として門弟衆の指導を願いましょ。ただし、差し障りが残ってます。うちでは臨時師範神石嘉一郎はんに指導料なんて支払えまへんえ、ご隠居はん」

「他国の武者修行者いう神石はんの立場を忘れてやね、禁裏一刀流の決まりに眼を瞑って頂くんどすがな。融通無碍な対応への恩返しにな、この剣術好きの年寄りがなにがしかお支払いしましょ。道場の費えにしておくなはれ」

「となると、神石はんはうちで勝手に稽古するもよし、その暇にうちの門弟衆に指導するもよし、好きにしなはれ。なにしろ道場の内所はいつも火の車どすねん。梅鶯老、助かります」

と道場主の荒賀公麿が梅鶯老に礼を述べて、嘉一郎を見た。

「それでよろしか、神石嘉一郎はん」

「はあ」

嘉一郎にとってなにがどうなったのか、京風の応対の理解ができなかったが、どうやら通い稽古を許されたようで、その場の一統に深々と頭を下げた。

禁裏一刀流荒賀道場から一之舟入の「たかせ川」に戻る道中、嘉一郎は、

「ご隠居、えらい厄介をお掛けして申しわけござらぬ。さらにご隠居のお店に厄介になってよいのでござろうか」

「それや。ちと相談がおます」

「それがしにできることなればなんでも致します。これをせよとお命じくださ
れ」

言うてええか、と前置きした梅鴛老が、

「神石はん、いくら武者修行とは申せ、なにがしかの銭は必要どす」

「いかにもさようですが、それがしが出来る稼ぎ仕事がござろうか」

「わてはあんたはんに打って付けやと思うのやけどな。受けるか受けへんかは、
神石嘉一郎はんの気持ち次第や」

「どのようなことでござろう」

梅鴛がいきなり言った。

「助太刀稼業や」

しばし沈思した嘉一郎が、

「助太刀稼業、京だけの力仕事ででもござろうか」

「うちらの住む一之舟入は、老舗の大店が軒を連ねてございますな。けどな、店
に仕事を頼みながら代金を払わへん客もままおるのや。この取り立てにどこも苦
労してはります。むろん商人同士やったら、持ちつ持たれつや、ええときもおま
すで目途も立ちます。ところがな、厄介は京に屋敷を構える西国大名はんや、江

戸の役人衆どす。金子を借りる折り、ぺこぺこと頭を下げて借りはるが返済の折りは、屋敷に招かはってな、剣術達者な家臣方を居並べて、用人さんやらご家老はんが出てきて、どや、これでも金返せ言うかと無言でな、脅しよりますんや。そんで、いつの間にやら借財が何百両と溜まっとります。

そこでわてが思案したんが取り立て稼業や。けど取り立て稼業ではなんや用心棒が商いするように聞こえますな。剣が強いだけやない、世の中のことも商いのことも考える、お侍のあんたはんが店の主や番頭に従い、取り立ての手伝いをするのを、助太刀稼業と名付けましたんや、どやろ」

「さような稼業のお店が一之舟入付近にございますか」

「これまではありませんどしたな。あんたはんの業前と人柄を考えて思案した商いどすわ」

「それが助太刀稼業ですか」

「ありそうで、これまでなかった商いどすわ」

「待ってくだされ。助太刀稼業を為す相手というか客はまさか」

うんうん、と頷いた梅鶯老人が、

「徳川さんのいやはる江戸ほどではないが、京にも西国大名を始めとして仰山京屋敷があります。禁裏があるせいどす。それはお分かりどすな」

嘉一郎はがくがくと頷いた。

「各大名家の京屋敷は、費えが出るばかりで入りはおへん。禁裏のお役人衆を招いて料理茶屋で接待するにはそれなりの金子が掛かります。国許の内所が豊かなところばかりではおへん。京屋敷にはお足がないのやから、京の大名貸や商人衆から借金をするしかない。そんなわけでな、ようけ借りたままの大名家がいくつもありますんや」

「驚きました。それがしが奉公していた佐伯藩毛利家では考えられませぬ」

「佐伯藩いうたら、漢籍の書物をぎょうさんお持ちの大名はんやったな、石高はたしか」

「二万石で」

「そやそや。銭にもならん漢籍集めるやなんてあきまへんわ。商人やったらすぐにも潰れますわ。そない小っさい藩相手ではございません。例えば、薩摩藩島津家七十二万八千七百石もうちらの顧客はんどすわ」

「えっ、薩摩藩が一之舟入の商人衆に借財がございますすか」

「表立ってはそないな話はありません。けどな、琉球国までお持ちの薩摩様は金子の入りも莫大やけど、京屋敷の出費も無茶苦茶多い。そやから仰山借財がございます」

「信じられませぬ」

でしょうな、と首肯した梅鶯老が、

「薩摩はんとは申しまへんけど、西国の大大名さんが京屋敷を普請したり、建て替えたりの折りに留守居役やら用人さんが付き合いのあるお店から借金をしやはりましてな、支払いが滞りましてな。この多額の借財の取り立ての助太刀に、禁裏一刀流、三神流の業前が必ず役に立つでしょうな」

まず大大名に借財があるというのが嘉一郎は信じられなかった。たとえあったとしても神石嘉一郎ひとりでなんとかなるとも思えなかった。

「ご隠居、それがしが幼少から習ってきた三神流は西国の大名家も知りはしますまい。されど禁裏一刀流は京では知られた剣術でござる。ついさっき見様見真似で覚えた流儀を名乗るのはいかがでしょう。さようなことを為すとそれがし、荒賀道場の稽古に出入りできなくなるのとちがいますか」

「おお、禁裏一刀流はまずいな。そや、なんや新しい流儀を考えなあかんな、一之舟入流なんて、どや」

といい加減な返答をした梅鶯老が嘉一郎を見た。

ふうっ

と大きな息を吐いた嘉一郎に、

「神石嘉一郎はん、流儀などどうでもよろし。己の剣術を信じなはれ。あとはこの爺がお膳だてします。この京でも一見大名はん方が力を持ってはるように見えますけど、実際は商人からの借財で首もよう回らしませんのや。よろしか、大坂でも京でもほんまに力があるんは、二本差しの武家方ではおへん、金子の力で支配しとります商人衆や。そこの間に一文無しのあんたはんが飛び込んでな、暴れなはれ」

「助太刀稼業とは、それがしの力で、真に世の中を動かす商人を助けることですか」

「へえ。神石嘉一郎はんの武器は、一文無しと三神流剣術です。正味の話、あんたはんには他になんの取柄もおまへんよってな」

と梅鶯老が言い切った。

嘉一郎が佐伯藩を脱ける折り、かような言葉をだれであれ投げかけられたとしたら、刀を抜いて斬り合っただろう。だが、旅を始めて、

「身の程」

を知らされた。

「わてがな、その舞台はこさえます」

と言う梅鴛老と嘉一郎は、賑やかな一之舟入に戻ってきた。

「善は急げ、と言いますな。そやな、どこのお店から始めましょうかな」

と呟いた梅鴛は、

「倅にはあとで相談するとして、こっちからやな」

と独り決めして、漆塗りの表看板に、

「大小普請承ります　伊勢谷」

とある店の前で足を止めた。

間口は三間半あるかなしかの店構えだった。

「嘉一郎はん、看板の文字を見てなんの商いか分からはりますか」

「屋敷普請のお店ですか」

「違いますな。あの看板はな、『いかなる貸付にも応じます』と読むのです」

と看板には謳っていない商いを告げた。

「伊勢谷さんに伺いましょか」

と嘉一郎を促した梅鶯老が敷居を跨いだ。

「おや、たかせ川の隠居はん、なんぞ御用どすか」

土間に入っていくと、帳場机に独り坐した番頭が梅鶯老に応じた。

「師走に金儲けの話や。乗りまへんか」

「へえへえ、金儲け話、大好きどす」

と応じた番頭に頷くと梅鶯は、

「神石嘉一郎はん、しばしの間、番頭はんと話がありますんや。ええな、あんたはん、こちらの土間でな、得意の三神流いうたかいな、独り稽古をしていなされ」

と命じた。

なんとも不思議な一日は未だ終わっていなかった。

第五章　無言の教え

一

神石嘉一郎は薩摩の刀鍛冶波平行安が鍛えた長刀、二尺四寸一分を鞘走らせ、瞬時に鞘に戻すことを無心に繰り返した。両眼を黒鉢巻で固く縛って視界を封じての稽古だった。

「神石はん、稽古はやめや」

との梅鴛老の声が耳に入り、独創の抜刀技を止め、鉢巻を外した。

「あんたはんの、最初の助太刀稼業が決まりましたで」

と梅鴛が言った。

伊勢谷の番頭が嘉一郎をちらりと見て、

（この御仁、本気やろか）

と驚きとも迷いともつかぬ表情で梅鶯老に視線を移した。

梅鶯老の思案した助太刀稼業なる商いは、嘉一郎の武者修行にどう影響するのか、あるいはしないのか。そしてどれほど稼げるのか。剣術の稽古をしながら漠と考えた。

「ご隠居」

と呼びかけた嘉一郎は胸に湧いた疑問を正直に告げた。すると嘉一郎が訥々と話す懸念を聞いていた番頭が、うんうんと頷いた。番頭もまた梅鶯老の助太刀稼業を完全に理解していないことを示していた。それを察した梅鶯老が、

「あんたはんら、わての企てを未だ分かっておへんか」

「梅鶯さん、このお方の剣術がなかなかのもんやと稽古を見せられて理解しましたわ。けど、相手は大名家の京屋敷どすえ。西国の大藩の京屋敷には仰山家来衆がおりまっせ。江戸や国許と始終角突き合わせて斬り合いのごとき談合や、そんななかにはそれなりの剣術の技量の家来もいてます。このお方ひとりでうまくいくやろか、この若い衆が大怪我を負って終わりということはおへんか、借財の返済どころやおへん、すべてワヤや」

伊勢谷の番頭が梅鶯老と嘉一郎ふたりの顔を窺いながら言った。

「重蔵はん、神石嘉一郎はんはただの剣術遣いと違います。剣術に凄みもあれば駆け引きも承知どす。この剣術好きの年寄りのいうことを信じなはれ」

重蔵というのが伊勢谷の番頭の名らしい。その重蔵は未だ梅鶯老が考案した助太刀稼業が本当に効力を発揮するとは信じていなかった。

「ご隠居、それがしもわが三神流にさような力があるとは信じられんのだ。よしんば業前を披露したからと言って相手が得心するとは到底思えんのだが」

と嘉一郎が告げると重蔵が、うんうんと頷いた。

「それがし、番頭どのが危惧されるように却って商いの邪魔をすることにならぬか。それよりなにより武者修行者のそれがしが路銀を得るために業前を披露」

「するのはお嫌どすか」

と梅鶯老が嘉一郎の言葉にかぶせるように質し、嘉一郎がどう答えようかと考えていると、

「嘉一郎はん、あんたはんにとって、武者修行の本分はなんや」

との問いが突き付けられた。

「武者修行の本分にござるか。今や剣術そのものは、なんらの力も有しておりま

すまい。刀は腰の飾りに過ぎませんな。町中でも城中でも刀を抜いたほうが負け、最悪の場合はお上から切腹すら命じられましょう」

「仰るとおりの世のなかどす。そんであんたはん、こないなご時世になんのために武者修行をしはるんどすか」

と梅鴬がさらに詰問した。

「剣術の修行をひたすら無心に為す、ただ業前を磨くことのみに没頭する。それではなりませぬか、ご隠居」

「まあ、ひととおりの剣術家としては十分かもしれまへんな。けどな、刀も算盤も、業前を磨き、商いを為すことだけで満足すると、時世に取り残されます。技を磨くだけの剣術は早晩、算盤勘定為すだけの道具に、実利のない商いに止まります」

「武者修行をなして、なにかを産み出さねばなりませぬか」

「はい、修行を通じてな、世間がどう成り立ち、どう行き詰っているかを知らなあきまへんで。さらには行き詰った文政の世の政と商との向こうになにが見えるか、難儀があるなら自分の剣術でどないして変えていけるか。商いもいっしょどす。それこそが剣術も算術も同じように最後に行きつく所やおへんか」

と梅鴦が言い切った。

嘉一郎にとって考えもしなかった武者修行であった。

梅鴦老の言葉は壮大な理念だと思ったが、今ひとつピンとこなかった。

言葉を失っている嘉一郎から重蔵に梅鴦老が視線を移した。

「隠居はん、わての商いはそない大仰なもんと違います。滞った金子を商いの習わしに従って動かす。つまり借財を日限(ひぎり)までに返してもらうように努めて、返ってきたら何分かの割り前を頂戴するだけどすわ」

と重蔵が弁明した。

「それ、それやがな。重蔵はん、滞った百万両はなんの益も齎しまへんな」

「滞った金子が百万両なんて利息だけでもえらいこっちゃがな、うち程度の金貸し商いではそないな貸金はおまへん」

「たとえ話や。百両の金が動いて産み出す利が商いや、大事やとあんたはんは言わはるのと違いますか」

「そやそや、その通りや」

重蔵の返答に梅鴦老が嘉一郎に眼差しを向けた。

「よろしおすか、滞った世間を動かすのが神石嘉一郎はんの剣術どす。勝った、負けた、生き残った、死んだだけではしょうもおへん。剣術が産み出す利を考えなはれ」

「ご隠居の申される助太刀稼業は世間を動かす業前ということですか」

「そうどす。わてがお膳立てしたげます、なあ、重蔵はん」

「えっ、矛先がこちらに向けられましたな」

と重蔵は困惑の態だ。

「あんたはんのお店で大口の滞りのある大名家はどこどす。薩摩の島津家どすかいな」

「いきなり島津はんはあきまへん」

「さよか、そしたらどこやろ」

「ご隠居の言葉をこの際信じて、神石嘉一郎はんとやるとしたら、そやな」

としばらく思案した重蔵が、

「周防国岩国藩外様大名の吉川家ではあきまへんか」

と提案した。

「吉川家はたしか石高六万石やったたな。ただ今は十代経礼はんが殿様やったかいな。待ちなはれ、あちらはん、干拓事業をあちらこちらで熟しはって、他藩との取引で、景気がええんと違うたかいな」

たかせ川の隠居梅鴦老は中規模の石高の岩国藩の内情にも詳しかった。

「いまからおよそ三十年前から埋め立てに手を出さはって、その折りの借財がだいぶ残ってますな」

「で、こたびの証文はなんぼや」

「利息は別にして三百二十五両ほどどす」

「あんたはんが直に証文持ってはるのか。それとも客の代人かいな」

「うちが証文の持ち主どす。元の客の名となんぼでその御仁から証文を購ったか、たかせ川の隠居はんにも言えしまへんえ」

「それはええわ、わては隠居や。そんで、あんたはん、催促はしてはるんやろな」

「時折してます。けどあきまへん」

「なんでや」

「ご家老香川(かがわ)舎人(とねり)様付番頭(ばんがしら)有馬兵衛(ありまひょうえ)はんがあれこれ言わはってご家老にも会われへんのどす。有馬はんは家中一の弓術と剣術の遣い手でしてな、そのお方がうちらの前に出てきやはって、無言で睨みつけますんや。ここ三年、お金貸してる商人は家老の舎人様に会うこともできしまへん。式台前で追い返されて終わりどす」

「岩国藩の内所は、正味どないや」

梅鷲が念押しした。

「干拓事業が落ち着いて、綿用場や油座を作らはりましてな、京屋敷もそれなりの余裕があるとうちらは見ております」

「弓術と剣術な。あんたはん、弓術はどうや」

梅鷲老が嘉一郎を見た。

「弓術は下士ゆえ佐伯藩では習っておりませぬ」

と嘉一郎が正直に答えた。頷いた梅鷲老が、

「借財取り立ての助太刀稼業の初っ端としては、難儀はしゃあないな」

と重蔵を見た。

「ご隠居、この御仁を伴うて、借金とりに行け言わはるのか」

「善は急げて言うやろ。三年ぶりに岩国藩京屋敷のなかに入れるかどうか、試してみいひんか」

重蔵が、うう―ん、と呻った。それに対して梅鷲老はなんぞ考えがあるのか、

「確か吉川家の京屋敷は本家の毛利家屋敷のなかにあったんと違いますかいな」

「そうどす。まず毛利家の門内に入るのが難儀や」

「本家の毛利家と分家の吉川家は不仲やったな」

と呟き、

「よっしゃ、わて、本家の京用人さんをいささか承知や、文(ふみ)を書くよって事が為るかどうか試みてみなはれ」

と梅鶯老が言い切った。

神石嘉一郎は初めて借財取り立て屋となって、金貸しの番頭重蔵の供としては、なんとも似つかわしくない浪人姿で萩藩毛利家京屋敷の表門を訪ねた。

文政三年師走の十五日のことだ。

「そのほうら、何者か」

と当然のことながら門番に止め立てされた。

「御用人樋口様への書状にございます」

と梅鶯老の達筆な書状を重蔵がおずおずと差し出した。

「なに、そのほうら、文使いか。門外で待て」

と門番に命じられてふたりは毛利藩京屋敷の門外で待った。

「神石はん、あんたと梅鶯さんの関わりはほんまに昨日今日の付き合いかいな」

と重蔵が質した。

「いかにもさようでござる」

「たかせ川のご隠居はん、あんたはんをよう信頼しはったな」

と嘉一郎に重ねて質した。

「それがしも高瀬舟に乗り合わせただけの一文無しを、どうして気にかけて下さるかさっぱり分かりませぬ」

と正直に答えた。

重蔵ががくがくと頷き、

「いくらご隠居はんの書状を持参したかて、うちらがまず本家の屋敷内に入れるなんてあり得ませんわ」

と言い切った。

「それがしもそう思う」

重蔵は、

（なんとも頼りないな）

といった表情で嘉一郎に頷き返した。

だが、四半刻後、本家の毛利家に隣接してある岩国藩吉川家の京屋敷に通ることを許され、両人は質素な玄関に佇んでいた。

「神石はん、梅鶯老は手妻を使わはったんやろか。隠居の書かはった文の効き目がありましたんかいな。なんでやろ」

と重蔵が首を捻った。

「手妻かどうか、われら借財のある吉川家におるな」

「となると、ここからは神石嘉一郎はんの腕前次第や」

と重蔵が嘉一郎を見た。

「そなたも知るとおり、それがし、借財の取り立て、梅鶯老のいう助太刀稼業は初めてじゃぞ。どうすればよかろう」

「さあて、まずは京家老の香川舎人はんと面会ができるかどうかやな」

「それがしの出番はそのあとかな」

「番頭有馬兵衛様と神石はんが立ち合うことになるんやろか。そやかてこれを乗り越えんことにはうちは一文の取り立てもできしまへん、あんたはんの稼業も端からしくじりや。そしたらうちではもはや使い道はあらしまへん」

と言い切った。

さらに両人は玄関前で半刻（一時間）ほど待たされた。

「やはりあかんわ」

と重蔵が漏らしたとき、式台にふたりの武家が姿を見せた。

「おお、久しぶりどすな、ご家老様」

と仏頂面の初老の武家、家老の香川舎人に重蔵は声をかけた。

本家の毛利家を通じて分家吉川家に入り込む策に対して香川は不快だったのだろう。だが、本家の意を無視する力は香川舎人になかった。

「重蔵、そのほう、かような手立てをいつ覚えたか」

「ご家老様、幾たびも書状を送り遣いを立てて懇請致しましたが、会うてくれはりまへんどしたな。そんでさるお方の知恵をお借りしましたんどす」

「さるお方とな、何者か」

「ご家老様、もはや取り持ってくれた御仁を云々する要はございまへんな。本日はどうしてもこれまでの借財を耳を揃えて返していただくまで店に戻るわけにはまいりまへんのや」

「ならばこの玄関先に何日でも居よ。ただしわれらが招いた客ではなし、いかなる接待もせぬでな、その覚悟があるならば好きにせよ」

「ご接待は結構でございます。お隣の毛利家から三度三度の膳を運んで頂く約定になっております、夜具もお借りすることになっております。へえ、こちらの式台に布団を敷かせてもらいましょ」

「な、なに、さような真似をされてどの面下げて本家の面々に会えるというか」

「ご本家は分家のこちら様の所業をな、快く思たはりまへんな。このところ分家の金回りはうちよりよろし、というておられましたえ。本日、なんのご返事もないようなら、明日にも本家(うち)が口利いたげまひょかと言うてはりましたえ」

「さようなことがあってたまるものか」

と喚(わめ)いた香川舎人がちらりと背後を振り返った。すると背後に控えていた、弓術と剣術が得意という番頭の有馬兵衛らしき人物が重々しく頷き、顎で嘉一郎を差した。

「重蔵、そのほうの連れは何者だ。まさかそのほうの用心棒ではあるまいな」

「用心棒なんて、滅相もございません。本日、返していただいた金子を帰り道、誰ぞに奪いとられるやもしれませんでな。その折りはこのお侍はんに助太刀稼業で、お助け願おうと思うてますんや。もっとも体付きはこのとおり立派どすけど、腕前はよう知らしまへん。ご家老、このこと、内緒どすえ」

「助太刀稼業なる仕事があるか。ならば、重蔵、こうせぬか。そのほうの助太刀屋とうちの番頭の有馬兵衛と立ち合わせぬか」

「借財の返済に立ち合いどすか、考えてもおまへんどしたわ。どないな事です、ご家老はん」

「重蔵、改めて聞こう。それがしが認めた証文はいくらであったかな」

「へえ、ご家老はん、直筆の三百二十五両の証文がうちに回ってきとります。そうどすな、即金ならば二百五十両で手を打ちましょか」

「悪くないな」

「そうどすか。そしたら証文と金子を引き換えにしましょ」

「重蔵、だれがこの場で金子と引き換えると申した。最前も申したな、そのほうの助太刀屋と有馬番頭とを立ち合わせ、有馬が勝ちを得たら、そのほうが持つ証文をそれがしに渡せ。当家の借財は帳消しである」

「ご家老はん、うちの助太刀屋が勝ちを得たらどないなりますんや」

「なに、さようなことはあり得ぬわ」

「勝負は時の運や」

「ううーん、その折りは二百五十両をそのほうに渡す」

と香川が言い切った。

「どないどす、神石はん」

「重蔵どの、証文の額は三百二十五両でござるな」

「話を聞いてはりましたやろ、証文の額は三百二十五両や」

「ならば証文どおりの額が大事ですぞ」

話を聞いていた嘉一郎は言うべきことは言おうと思った。助太刀屋として立ち合うのは自分だからだ。

「なに、あんたはんは証文どおりの額やったら立ち合うと言わはりますんかいな」

「こちらのご家老が認められた直筆の証文の内容が世間に流れた折りは、京家老香川舎人様は吉川家十代目藩主の経礼様から切腹を命じられましても致し方ございますまい」

「おのれ、抜かしおったな。有馬、こやつの高言をただ聞き流しおるか」

「ご家老、素浪人一人、なんのことがございましょう。叩き斬ればよきこと、骸(むくろ)は屋敷内で始末致しましょう」

香川の後ろの有馬兵衛が言い切り、三百二十五両と証文をかけた勝負が決まった。

二

有馬兵衛は御番頭というから武官である。弓術と剣術が得意ということしかわからず、ずっと岩国藩京屋敷家老の香川舎人の背後に控えていて、その正体は知れなかった。

神石嘉一郎は、立ち合いと決まって初めて間近で顔を見合わせた。

三十代半ばと思われた。剣術家にとって心身がいちばん充実する年齢だった。

背丈は嘉一郎より六寸ほど低い五尺六寸ほどか。だが、無暗（むやみ）に手が長かった。弓を引くせいで両手が異様に伸びたかと嘉一郎は、均整の取れない体を見て、推量した。顎がしっかりと張り、両目が細かった。

「そのほう、在所で剣術を修行したそうな。在所はどこか」

「有馬どの、勝負に際して在所を告げる習わしが京ではござるか」

「口にできぬほどの田舎流儀か」

「口にしたところでなにが分かるわけでもありますまい。だが、お尋ねゆえ申し上げます。豊後国佐伯藩にて三神流を修行しました」

「いかにも在所剣法かな。それがし」

と言い掛けた有馬を手で制した嘉一郎が、

「そなた様の流儀をお聞きしてもそれがし、なにひとつ分かりかねます」

と言い放った。

「おのれ、猪口才な若造、許さぬ」

と有馬が長い手で刀を、すうっ、と音もなく抜いた。

有馬の背丈からして不釣り合いの長刀で、嘉一郎の二尺四寸一分の長刀とほぼ同じ長さだった。ただし反りが少なくほぼ直刀に見えた。

長い手で突きの構えをとった。

一方、嘉一郎は波平行安をそろりと鞘から抜き、正眼に置いた。

両者の間合いは一間。

有馬は下から突き上げるように、直刀の切っ先で嘉一郎の両眼の間をピタリと狙って静止した。構えに凄みがあった。

嘉一郎もまた正眼の刀を不動に保った。

長い対峙になった。

どれほどの時が流れたか。

対決する両人の影が静かに移ろっていく。

先に仕掛けるには勇気がいった。

焦れたのは両人ではなかった。

岩国藩京屋敷家老の香川舎人だった。

「有馬兵衛、若造相手にいつまで遊んでおるか」

「ご家老、もうしばらく」

と応じた有馬だが、その言葉とは反対に突きの刀が胸元に引かれ、次の瞬間、刀と五体が同化して、すっ、と踏み込んできた。流れるような動作は有馬の得意技であろう。

嘉一郎は伸びてくる直刀の切っ先を凝視した。

相手は香川との掛け合いのせいで、先の先を狙っていた。

先手をとられ、嘉一郎は一瞬死の予感に襲われた。

切っ先が触れるか触れぬか。

嘉一郎は切っ先を眉間に感じつつも風と化して、そより、と戦いだ。故郷の佐伯城下、隈道場で覚えた「躱し」だった。

有馬の直剣の動きは迅速果敢、嘉一郎の躱しは騙し技だ。

対決する両人は生死の間合いに明らかに踏み込んでいた。

直後、対決する両人が発した気を察した。

結果を確信した重蔵は眼を瞑った、瞑らざるを得なかった。

寸毫の間ののち、ゆっくりと両眼を開いた。

顔面を直刀で串刺しにされたと思われた嘉一郎は立っていた。背が竦んでいるようにも見えた。

(相手はどこにおるか)

と重蔵が不審を感じた。

そのひとり、嘉一郎の体に隠れた有馬兵衛と思しき影がゆらりと揺れ、重蔵はその姿を認めた。

上体が、顔が見えた。

嘉一郎を突きに制したはずの有馬の表情は苦悶を漂わせていた。

不動の嘉一郎の背が不意に動いて血まみれの刃が見えた。

なんと嘉一郎は必殺の突きを躱して有馬の腰から胴を薙いでいた。

重蔵には信じられなかった。

有馬は必死に生にしがみ付いていた。

嘉一郎の胴斬りは非情だった。

「あ、有馬、なんとした」

香川舎人の悲鳴が洩れた時、どさり、と有馬兵衛の体が地面に崩れ落ちた。


萩藩毛利家の表門を出た重蔵と神石嘉一郎の両人は、無言で一之舟入に向かって歩いていた。

重蔵は風呂敷に包んだ三百二十五両を背に負っていた。二十五両包み十三個がぶつかって、嘉一郎がこれまで聞いたこともない音を立てた。

むろん岩国藩吉川家の京家老香川舎人が、重蔵の持つ証文と引き換えに渡さざるを得なかった金子だ。

「じ、神石はん、あんたはんの剣術はただものやおへんな」

重蔵が堪えきれず漏らした言葉に嘉一郎は無言だった。顔つきにはなんの変化もなかった。ただ黙々と歩いていた。

「あんたはんな、もはや貧乏浪人やおへん。わての下で助太刀稼業をしばらく続けてみなはれ。たちまち金には困らぬ身に、金持ちになりますえ。虚言とは違います」

相変わらず嘉一郎は黙り込んでいた。

金子をかけての立ち合いが、嘉一郎の初めての真剣勝負となった。

相手の有馬兵衛もなかなかの剣技の会得者だった。

故に両人の戦いは生死を避けられなかった。偶さか生き残ったのが神石嘉一郎ということだ。このために幼少のころから三神流を修行し、独創の抜刀技を磨いてきたのか、と嘉一郎は最前から考えていた。

武者修行とはかような真剣勝負なのか。

「神石はんな、京にな、屋敷を購いなはれ。そんでな、きれいな嫁はんを貰いなはれ。わてが娘はんを紹介したげます。ええか、京には五花街というのんがございましてな、たくさんのお茶屋があります。若こうて愛らしい娘はんが芸子になるためにな、諸国から買われてきてますのや。そんな娘はんたちが界隈のお茶屋はんで奉公しとります。あかん、話が先に進み過ぎましたな。まずは今日のあんたはんの手間賃、三百二十五両の一割の三十二両でどや。一日の稼ぎとしては大したもんやろ」

と重蔵が嘉一郎の袖を引いて足を止めさせ、顔を見上げた。

「なんや、不満かいな。なんぼなんでも二割の六十五両はきついで。わても長年の金貸しや、損することもあれば、貧乏籤を引かされることもありますんや。そやな、この際、四十両でどや」

相変わらず嘉一郎は無言、なんの反応もなかった。

「ええか、梅鶯老が考え、わてが最初に試した助太刀稼業な、考えた以上の成果を呼びますえ。二、三日うちに次の仕事を頼みますわ。ええな、神石はん」

「まさか有馬どのが」

なにか言い掛けた嘉一郎がふたたび口を閉ざした。

「あんたはん、番頭はんの死を気にしてはるんかいな。そやけどな、生き死にを気にするのんは最初のうちだけや。あんたはんの評判が広まれば、顔出しするだけの助太刀稼業になりますて。ええか、伊勢谷に戻ったら、四十両を渡しますさかいに、機嫌なおしなはれ」

と重蔵がまくしたてた。しばし間を置いた嘉一郎が、

「四十両とは本日の稼ぎかな」

「最前決めたばかりやけど、それでは不満か」

「いや、不満もなにもござらぬ」

「ほな、お店戻ったら直ぐに払いますえ」

重蔵の言葉に嘉一郎が再び間を置き、

「重蔵どの、これにて別れようか」

と言った。

「はあ、どないしたんや、どこぞ立ち寄るところがあるんかいな」

「いや、武者修行に戻るということだ」

「よ、四十両を道端で渡せと言うんか」

「金子はそなたの稼ぎ」

「命を賭けたんはあんたやないか。四十両は手間賃や、受け取りいな」

嘉一郎は風呂敷包みを下ろそうとした重蔵を正視した。

「どないしたんや」

「それがし、武者修行に戻り申す」

と繰り返した。

「そんならいよいよ金子が要るやろ。四十両あれば、当座の路銀になるやないか」

重蔵の言葉に嘉一郎が首を振り、

「本日の手間賃として、梅鶯老とそなたのふたりが思案した『助太刀稼業』の名を頂戴致す、気に入り申した」

「助太刀稼業の名を使うというか、そんなんあんたはんの勝手やがな。ともかくこの世の中は銭がないと生きていけしまへん。まして年の瀬やで、寒いで。銭がなければ野宿や」

「そなたらの考えた大金を稼ぐ助太刀稼業は、武者修行の邪魔にござる。それがしなりの助太刀稼業を務め、わが武者修行の費えと致そうと思う」

「なんのこっちゃ、あんたはんのいうことがよう分かれへん」

「それがしも未だ武者修行の本分を承知しておらぬ。ゆえにわれなりの助太刀稼業を務めあげてみようと思う。それが神石嘉一郎の武者修行であろう」

と重蔵を見た嘉一郎が、

「かような武者修行があってもよいと思わぬか」

と言い添えた。

「あんたはんの武者修行がどんなもんか分からしまへん。けどな、わてのいうことをひとつだけ聞きなはれ。どんな暮らしにも銭は要ります。有馬はんを負かして稼いだ金子が嫌やといわはるなら、わての財布を持っていきなはれ。いうときますけど、大した銭は入ってまへん」

と縞柄の巾着袋を突き出し、

「あんたはん、巾着、持ってへんな。金子をむき出しで懐や袂に突っ込んでおくのは、銭に出ていけというてるようなもんや。どんな巾着でもええ、しっかりと持ち金を包んでやりなはれ、銭は大事にせんと直ぐに出ていき、また文無しになりますえ」

と言った重蔵が嘉一郎の手に巾着を握らせた。

使い込んだ巾着袋の温もりが伝わってきた。

「京にな、助太刀稼業の評判が伝わってきたときな、わては、『おお、神石嘉一郎はん、武者修行、気張ってはるな』と喜びますわ。ともかく命と同じくらい銭は大事やと胆に銘じなはれ」

と重蔵が命じた。

首肯した嘉一郎は重蔵に頷くと、

「さらば」

と言い残して自らがどこに向かっているかもわからず京をあとにした。

ひたすら沈みゆく日を背に受けて、東に向かって街道と思しき道を歩いた。寒夜を徹して歩き、明け方、名も知らぬ大きな海の浜辺に辿りついていた。

懐に突っ込んだ巾着袋を出した。

巾着袋から何重にも折り畳んだ古びた紙切れが出てきた。広げてみると下手な字で、

「摂津大坂九条下横町金兵衛長屋在　重蔵」

とあった。重蔵は京人ではなく、難波人なのか。さらに貨幣がじゃらじゃらと出てきた。江戸の金遣いに直すと三朱と数十文ほどの古い銭だった。

岸辺にめし屋があって、「朝餉の仕度あり」の看板が見えた。

ざっかけないめし屋の奥にある竈(かまど)の前で老夫婦がせっせと働いていた。

「ごめん、めしが食えようか」

振り返った老婆が店に入ってきた嘉一郎を見て、

「朝餉は二十八文やけど、仕度が出来るまでしばらくかかるで。茶でも飲んで待っといてんか」

「時だけは十分ある。茶を所望したい」

と願った。

夜露に濡れた嘉一郎は上がり框に腰を下した。

すぐに老爺が茶を供してくれ、

「うちは茶だけは自慢や、出がらしではないで。宇治の上茶や」

と罐の入った茶碗を上がり框に置いた。

嘉一郎は湯気の立つ茶碗を手にして、その温もりに、ほっと安堵した。

「お侍はん、夜旅をしてきはったか、どこからや」

「京から名も知らぬ峠越えをしてこの海辺に着いたところだ」

「海やおへん。湖や」

「なに、海ではないのか、かような大きな湖は初めて見た」

「お侍はん、琵琶湖を知らんのか」

「知り申さぬ。海のように大きいな」

「ああ、わてはこの岸辺に生まれ育ったけど、未だひと巡りしたことおへん。徒歩で何日もかかるそうや。あんたはん、在所はどこや」

「西国豊後国のな、佐伯藩毛利家の城下に生まれ育った」

「西国さいき藩もうり家やて、えろう遠いところから来はったな、江戸詰めを命じられたんか」

老爺は話好きか、嘉一郎に並んで上がり框に腰を下ろした。

「いや、それがしが望んで脱藩したといいたいが体よく暇を出されたのだ」

「厳しいな。そんで旅かいな」

「武者修行をしておるのだ」

「武者修行やて、今どき食われへんやろ。稼ぎをどうする気や」

と嘉一郎の着た切り雀の身なりを検めた。

「そこだ。それがしなりの助太刀稼業を始めようと思うのだ」

「なんや、助太刀稼業て」

嘉一郎は、朝餉がくるまでの暇にと、京で一度だけ為した金貸しの取り立ての話を手短に老爺に告げた。だが、斬り合いになって有馬兵衛を斃したことは告げなかった。

「命を張った金貸しの取り立てでなんぼ稼ぎはった」

「金貸しの重蔵どのは、三百二十五両を取り立てたな」

「そんでお侍はんはなんぼ手間賃を貰うた」

「重蔵どのは、それがしに四十両を申し出られたが断り申した」

「はあっ、断ったんか。冗談か、この話」
「斬り合いをして大金を稼ぐなどやってはならぬと思うたのだ。この巾着袋だが
な、金貸しの重蔵どのから、武者修行というても金は要る、わしの巾着には大金
は入っておらぬ、これを持っていきなされと渡されたものだ。それがしが大金の
受け取りを拒んだせいかのう」
「巾着になんぼ入っとったんや」
「最前、重蔵どのの巾着の中身を数え申した。この飯屋の看板を見て、朝餉は食
えると思い、こちらに入った」
「金貸しを手伝い、三百二十五両の借財を取り戻したお侍はんに、重蔵はんたら
は四十両の手間賃を申し出た。それやのに、それを断ったら金貸しが巾着を押し
付けたいうんか。まるで勘定が合わんがな」
「いや、ぴたりと勘定があっておるわ。いいかな、それがし、ただ今武者修行中
の身だ。大金を得て、贅沢な暮らしに馴染んでみよ、武者修行が嫌にならぬか」
「わては武者修行したことないで理屈は分かれへん」
「生き死にが避けられぬ武者修行はきついぞ。それでこそ生きがいだな」
「妙な理屈、わてにはちんぷんかんぷんや」

「それがしの本分は武者修行である、大金は修行中の身を亡ぼす」

「なんともめし屋の爺には分からん話や。金は仇の世のなかとか、金が恨みの世のなかというが、お侍はんは武者修行のために自ら望んで貧乏の旅を続けるいうんか」

「ということかのう」

　と嘉一郎が答えたところに老婆が古びた盆に朝餉を載せて運んできた。

　琵琶湖で獲れたホンモロコの煮付けと湖特産のセタシジミの味噌汁だった。そして、大根漬けと大もりの丼めしだった。

「おお、なんともおいしそうな。馳走になる」

　と嘉一郎は味噌汁に箸をつけようとして、最後に食べたのはいつだったか思案した。だが、思い出せなかった。ともあれ眼前の朝餉の誘惑には勝てず、夢中で食し始めた。

　その様子をめし屋の老夫婦が言葉もなく見詰めていた。そんな食べっぷりを見ていた老婆が、

「爺様、このお侍はんの話は妙なことやおへん。真のことや。めしの食いっぷりを見てみい、素直なお人や」

と漏らした。

三

めし屋を出た嘉一郎は琵琶湖沿いに南へと下った。右手に京から越えてきた山並みが見えた。めし屋の爺様がめしを食う最中に、

「あんたはんの下ってきた山並みは比叡山や、険しかったやろ、腹も減ったやろ。そんでどんぶり飯を三杯も食べはったのやな、うちは大損やけど、あんたはんは生き返った顔してはるわ」

と笑みの顔で言った。

嘉一郎の健脚はこの日夕方前に大津なる湊町に辿り着いていた。京から江戸へと向かう東海道と合流し、瀬田の唐橋で瀬田川を渡った辺りで、竹刀を打ち合う音を聞いた。古びた板の看板に、

「剣術指南　伊賀一刀流山波結城道場」

とあった。

嘉一郎はなんとなく竹刀の音に惹かれて、ささやかな道場の入口で、

「ご免」

と声を掛けていた。

幾たび目か、竹刀の音が止んで、若い町人が竹刀を手に姿を見せた。じいっ、と嘉一郎を見つめる若い衆の体から汗といっしょに魚のにおいがした。漁師であろうか、そんな山波道場で稽古がしたくなった。

「おまえさん、この年の瀬に道場破りか、無理やで。この道場、金なしや」

と若い衆が言い放った。

「いや、道場破りではない。朝から湖畔を歩いてきたら無性に稽古がしたくなったのだ。稽古はできぬかのう」

「稽古がしたい言わはるか、珍しいな。おまえさん、旅の途次か」

「武者修行の最中である」

「今どき、武者修行やて、変わり者やな」

「このご時世だ、変わり者と言われればそのとおりだな」

と嘉一郎が答えたとき、道場から、

「久吉、道場に上がってもらえ」

と声がかかった。

「師匠、いいのか。貧乏たれの武者修行やで」

「人柄は声音で分かるわ」

との声に上がり框に腰を下ろした嘉一郎は草鞋（わらじ）の紐をほどき始めた。そんな嘉一郎の様子を久吉と呼ばれた若い衆が傍らに立ち、じいっと見ていた。

嘉一郎は背後に人の気配を感じ取っていた。

久吉の仲間か、何者かが足音がせぬように息を殺して嘉一郎の背後に迫り、いきなり竹刀を頭に揮った。

そより、と横手に身をずらした嘉一郎の手の草鞋の紐が竹刀に絡んで、飛ばしていた。

「ああ」

と悲鳴を漏らした門弟が、

「あんた、後ろに眼があるのんか」

と驚きの声を発した。

「常吉（つねきち）、あかんと言うたろ」

こんどは道場主らしい壮年の武士が姿を見せた。

どうやら山波道場ではこれまで繰り返されてきた悪戯のようだと思えた。

「お手前、相済まぬことをした。うちの弟子たちがな、今どき、武者修行やて、恰好つけおるわ、とか、道場に入れて叩きのめせ、とか言い合うて、つい悪戯をしとうなったのだ」

「山波結城どのかな」

「いかにもそれがしが小さな道場の主にござる。まず上がりなされ」

と嘉一郎を道場に招じ入れた。

八十畳ほどの広さの板敷が伊賀一刀流の道場であった。そんな道場に久吉と常吉を加えて三十数人の門弟衆がいた。浪人者と思しき侍と町人の割合は半々か、稽古を止めて嘉一郎を見ていた。

「そなた、武者修行とか、真かな」

「真です。豊後国佐伯藩を出て参りました、神石嘉一郎と申します。旅は未だ三月も経っておりませぬ」

そう答えた嘉一郎を山波結城が凝視した。そして、どことなく感じるものがあったか、首肯した。

「そなたの相手を為す門弟がうちにおったかのう」

と独り言を言い、門弟衆を眺めた。

「師匠、おれと立ち合わせてくれんか」

と言い出したのは久吉だ。

「兄貴分の常吉があっさりと躱されたのだぞ。そなたではどうにもこうにもならぬわ」

「常吉兄いは卑怯にも背後から竹刀で殴りつけるから、ああなったのや。おれは正面から堂々と立ち合う。武者修行が本気かどうか、打ち合ってみたい」

「と、久吉が申しておりますがお付き合い頂けますかな。久吉は琵琶湖の漁師でしてな、力はうちの中でも一、二を争います。されど業前は話にもなにもなりませぬ」

「ぜひお願い申します。竹刀の音を聞いたら無性に体を動かしたくなったのです」

と山波に願って、大小や素振り用の木刀などをわずかな持ち物の入った道中嚢（ぶくろ）といっしょにして道場の端に置いた。すると、常吉が竹刀を差し出し、

「あいつは力だけなんや。お侍はん、本気で叩きのめさんといて」

と弟分を案じてみせた。

「承知した」

と応じて最前草鞋の紐を絡めて飛ばした竹刀を借り受けた。

嘉一郎と久吉が道場の中央で対面した。

久吉は自ら望んで立ち合うことにしてみたが、対峙してみると武者修行者が相手だと思い出して、急に緊張した。
一、二度、竹刀を素振りした久吉が、
「武者修行は楽しいか、お侍」

と問うた。緊張を解こうとしてのことか。

「楽しいかどうか。昨日は京から夜通し歩いて琵琶湖畔の雄琴なる地に着き、朝餉を食した。そなた、漁師と聞いたがホンモロコなどを獲るのかな」

「なに、おめえさん、ホンモロコを承知か」

と驚きの顔で問い質した。

「いや、今朝までホンモロコの名も知らなかった。めし屋にて朝餉に食して美味な魚と分かったのだ。かような折り、武者修行も楽しいと感ずるな」

「ふーん、お侍がおれの獲るホンモロコを承知とはな」

嘉一郎との問答でわずかながら久吉の緊張が消えていた。

「久吉どの、お手合わせ願おうか」

「おれな、力が強いで。ええのか、力いっぱい出して」

「構わぬ」

と応じた嘉一郎が竹刀を正眼に構えた。

山波結城が思わず、これは、これは、と漏らして久吉を見た。

久吉は竹刀を上段に振りかぶっていた。

「お侍はんよ、いくぞ」

と叫んだ久吉が上段の竹刀を振り下ろしながら、素早い動作で嘉一郎に向かって飛び込んできた。

嘉一郎は不動の構えで見ていた。

（おお、やったな）

と兄貴分の常吉が思ったとき、嘉一郎の竹刀が、振り下ろされてきた久吉の竹刀に合わされ、押し戻すようにぽんと軽く弾くと、久吉の体が後ろに飛んで床に尻もちをついていた。

「ああー」

と久吉が悲鳴を上げた。

「お、おれ、どうなったんや」

「久吉、独り相撲だ」

「おれ、もう一回立ち合う」

「幾たびやっても無理だ」

と山波結城が苦笑いで言い放ち、

「神石嘉一郎どの、久吉との問答でそなたの今日の旅程を知り申した。さぞお疲れでございましょう。どうですね、今晩はうちに泊まって明日の朝稽古の折り、それがしを皮切りに門弟衆を指導してくれませぬか」

「えっ、さようなご厚意に与れますか」

「神石どのには物足りますまいが、好きなだけうちに滞在して稽古を続けてくだされ。朝の間には漁師の門弟はおりませぬ、本業がありますでな。その代わり、譜代膳所藩本多家の家臣がたが稽古に見えてな、そなたの相手をされましょうから退屈はされますまい」

と言い切り、嘉一郎は道場に接してある控えの間に寝泊まりを許されることになった。

この日の夕餉は山波家の一家とともにした。

身内は地味な形の内儀の和乃と、十六歳のきりりとした顔立ちの藍という娘と弟の小太郎十歳の四人家族だった。一家は突然夕餉の場に嘉一郎のような旅の者が加わるのに慣れていた。

この場の話で藍も小太郎も朝稽古には加わるという。主は晩酌の付き合いに嘉一郎にも酒を勧めたが、

「武者修行中のそれがし、不調法にも未だ酒の味を知りませぬ。師匠、その代わり、それがしに一杯注がせて下され」

と山波に断って酒を注いだ。

「そうだな、酒の味を覚えると武者修行どころではなくなるな」

と主が得心した。

「神石様、なぜ武者修行に出たの」

と小太郎が聞いた。

「それがし、西国の佐伯藩毛利家の徒士並と呼ばれる家来でしたが、事情があって脱藩を余儀なくされ申した。それまで下士の暮らししか知りませんでしたからね、旅に出た最初は戸惑いました。むろん路銀など潤沢ではありません、腹を空かせていることも度々ですが、それでも見知らぬ地やかような湖を知るのは楽しいですよ」

と山波道場しか知らぬ小太郎にあれこれと話した。

「神石様は剣術が心から好きなのですね」

夕暮れ時に道場の隅から嘉一郎の稽古ぶりを見ていた藍が問うた。

「幼いころから祖父や父に稽古を付けられていた折りは、稽古が嫌でいやでたまりませんでした。でも今は生きがいです」

「武者修行を終えたら藩に戻るのですか」

「小太郎さん、もはやそれがしが戻る場所はどこにもありません。武者修行の間にこれからの生き方を考えることになりそうです」

「神石様、ぶしつけなことを聞いていいですか」

「藍さん、どうぞなんでも問うてください」

「路銀の持ち合わせは潤沢ではないと申されましたが、武者修行の間に路銀がなくなったらどうなさるのですか」

と藍が質した。

山波一家は、道場の門弟衆と身内と同じように分け隔てなく接しているようで、姉と弟のふたりは新しい訪問者、嘉一郎と話すのが楽しくてしようがないようだった。

「それがし、助太刀稼業なる稼ぎ仕事を思案しました」

「助太刀稼業、ですか。想像もつきません。もうその稼業をこなされましたか」

「一度だけですが京にて試しました」

「どのようなお仕事でしょうね」

と藍が首を捻った。

「借財の日限が過ぎた客の家に重蔵と申される金貸しどののといっしょに出向いたのです、まあ、用心棒ですね。相手方にもそれがしと同じような御仁が控えておりましたで、それがしと立ち合うことになりました。武者修行の一環になると思い、引き受けました」

「勝てば貸していたお金を返してもらえるの」

「ということです」

「神石様が勝ったのね」

藍の問いに嘉一郎が頷くと、藍の好奇心はかぎりなかった。

「いくらの金子を神石様は稼げたの」

「金貸しどのが貸していた金子は三百二十五両でした」

「わあおー、大変だぞ。嘉一郎さんはいくらもらったの」

と弟の小太郎も上気の態で質した。

「四十両がそれがしの分け前でした」

「ならば嘉一郎さん、大金持ちですね」

「小太郎さん、頂戴するのをお断りしました」

「えっ、ちゃんと仕事を果たしたんですよ。どういうことですか」

「小太郎さん、武者修行者が大金を稼ぐ味を覚えるともはや武者修行はできますまい。そんなわけで受け取りませんでした。それがしが生きていくだけの稼ぎがあればよいのです」

「なんだか、変だな。稼ぎが少ないほうがいいだって」

「金貸しの重蔵どのもあっさりと断ったそれがしの気持ちがわからぬようなので、最前おふたりに申したようなことを説明しました。すると重蔵どのがそれがしの手に自分の巾着を押し付けたのです。これです」

と重蔵の巾着袋を見せた。

「この巾着のなかには三朱と数十文の金子が入っておりました。めし屋で朝餉を食しましたのでもはや三朱とちょっとですね」

姉と弟が、よかったという表情をした。

「武者修行でもお金は要るわよね」

「藍さん、いかにもさようです。ただし、その塩梅が難しゅうござる。四十両なんて持ちなれない大金もダメです。かといって一文無しでは武者修行は続けられません」

「神石様がいうとなんだか楽しそうよね」

「こちらにお邪魔して山波道場こそがそれがしが目指す行く末かと感じました」

「えっ、うちが行く末ですか。確かにうちの暮らしはいつもぎりぎりだわね。一文無しでは道場は続けられない。かといって父上が大金を隠し持っているとも思えない。母上はへそくりをお持ちですか」

「藍、そなたの父上に内緒でへそくりができるとお思いですか」

「出来ないわよね。それでもわたしたち、こうして生きているわ」

「藍さん、やはりそれがしが感じ入った夢のご一家です」

と嘉一郎が言い切った。

「うちのような暮らしは明日からでもできるぞ、神石嘉一郎様」

と小太郎が言い、

「さようでしょうか」

「でも、小太郎、ただ今の神石様には無理ですよ。まずは武者修行の旅を果たし終えることだわね」

と姉が言い添えた。

「武者修行の旅を終えるにはどうすればいいのだろう」

小太郎が自問するように言った。

「神石どのご一人の決断しかあるまい」

と父であり師匠でもある山波結城が子どもふたりに言った。結城の話しぶりに若い折りに武者修行を考えたことがあったのだと嘉一郎は感じとった。

「父上、神石様の剣術はどうですか」

小太郎が話柄を変えた。

「うちの門弟衆が束になっても敵わぬ」

「父上、明日は膳所藩のご家来衆がお見えよ」

と藍が告げた。

うんうんと首肯し、間を置いた結城が、

「ここだけの話だがな、番頭の木村昌右衛門(まさえもん)様がたも神石どのの三神流には敵わぬ。本日、そなたらが道場で見た神石どのは真の技量を見せておられぬ。剣術家を数多見てきた父がいうのだ、間違いない」

と言い切った。

「神石様って、父上が申されるほどお強いんだ」

と藍が驚きの言葉を口にした。父の師匠から剣術の指南を受けてきた娘の好奇心も弟の小太郎同様に尽きなかった。

「そこだ。藍、父はな、神石どのに真剣勝負の経験があることをなんとなくだが察しておるのだがな。勘違いかな」

「えっ、神石様は真剣勝負をしたことがあるの」

「藍、その経験がただ今の無敵の剣術家神石嘉一郎を造りあげたのではないぞ。天才と呼べば打って付けだろうが、神石どのに嫌がられるな。となると、神石どのは幼い折りから、だれよりも稽古を積んでこられたせいだ、というほかない。そして、最後の仕上げが武者修行なのだ。違うかな、神石どの」

「それがし、剣術をとくと知るご一家にかように褒められたのは初めてでございます。天才にして努力家ですか、鉢巻にふたつの言葉を刺繡して締めましょうか」

と嘉一郎が照れ笑いした。

「父上の言葉を神石様は全く信じておられないわ。ほめ過ぎてなんてないのにね」

と藍が不思議がった。

「ああ、分かったわ。神石嘉一郎様の謙虚さも強さのひとつだわ、きっと」

「そうだ、そのとおりだ、藍」

と父と娘が言い合った。

「何年かのちにこちらに戻ってきてようございますか」

と嘉一郎が笑みの顔で一家に問うた。

最前からかような問答を聞いていた和乃が、

「ぜひそうしてくだされ。私の弟のような神石様が成長して戻ってきた姿をなんとしても見とうございます」

と告げた。

「それがしに第二の実家が出来ました。生まれ育った豊後佐伯に戻るとは言い切れません。ですが、山波家には必ず戻って参ります」

と言い切ると、一家が喜びの顔で応じた。

文政三年の師走も半ばを過ぎていた。

四

山波家に泊まった翌朝、嘉一郎は膳所藩の家来衆と稽古をした。その折り、御番頭の木村昌右衛門は嘉一郎と竹刀を交えたあと、

「山波師匠、神石嘉一郎どのに武者修行の一端としてこちらで、師範として少なくともひと月ほど務めてもらえぬかのう。われらにとって神石どのの剣術は大いに御用に役立つでな。なんとしてももうしばらく指導を仰ぎたいのだ」

と願い、膳所藩家中で山波道場の門弟でもある面々も強く望んだため、嘉一郎は臨時師範を務めることになった。

大晦日もすぐそこだった。銭もなく旅をするよりも嘉一郎にとってなんとも楽しい山波家滞在であり、道場での日々だった。

門弟衆との稽古が終わったあと、藍や小太郎の相手をした。

娘ながら藍の剣術は基がしっかりと身について形になっていた。姉に比べて弟はまだ修行がたりなかったが師匠の父親はそのことを気にしている風には見えなかった。姉弟の大らかな成長を望んでいるのが嘉一郎にも分かった。

「姉上、嘉一郎さんはわれらの兄といっていい歳だよな」

「そうね、そんな感じかな。わたしたちにとって父上という大師匠がいて、兄上の嘉一郎さんが師範のおひとりだわね。兄上がうちに居る間になんとしても一本取りたいわね」

「嘉一郎さんは父上も他の門弟衆も敵わない剣術家だぞ。ほら、久吉さんと常吉さんのふたりみたいにあっさりと見透かされるぞ」

「小太郎、わたしたち、あのふたりとは違うわよ。嘉一郎さんはわたしたちを身内だと思い、油断してないかしら」

「そうか、われらは身内か。姉上が嘉一郎兄と稽古をしている折りに小太郎が背後から攻めてみようか」

「小太郎の技量では背後から襲ってもダメね。わたしがその役目をするわ」

「というとおれが嘉一郎さんをひきつける役目だな」

「それもね、嘉一郎さんがうちを出ていく日、最後の稽古が終わって、気を抜いた折りにやるのよ」

「おお、嘉一郎さんもおれたちと別れて旅に出るという時なら、気持ちが高ぶっているな、平静ではないぞ」

と姉と弟が言い合い、不意の立ち合いの稽古を密かに繰り返した。

嘉一郎が山波道場の臨時師範を務めるひと月は、あっ、という間に過ぎていく。

最後の朝稽古が終わったあと、小太郎が、

「嘉一郎さん、ご苦労でございました。父上から臨時師範の謝礼を預かってきました。うちの内所を知っていますよね。紙包みの中身は、ほんの少々です」

と差し出した。

「うむ、それがし、謝礼を頂くほどのことはしておらぬぞ、小太郎どの」

「受け取って頂かなければ父はがっかりします。なにしろ天下無敵の神石嘉一郎さんがうちで師範を務めてくださったことに報いたいと考えていますからね」

「なに、天下無敵な、大変なことになったな」

と苦笑いをした嘉一郎を、

「後ろ面、一本」

と叫びながら竹刀で藍が叩こうとした。

迅速果敢な技だった。

男性門弟と比べても同等、あるいはそれ以上の業前を持っていた。

藍は娘ながら幼少時から剣術を厳しく父親に教え込まれてきたのだ。

そんな藍の視界を、ふわりとそよ風が吹き抜けた。

「ああー」

嘉一郎の姿を見失った藍が悲鳴を上げ、竹刀が小太郎の額を思わず叩いていた。

「あ、姉上、い、痛い。おれは嘉一郎さんではないぞ」

と小太郎が叫び、同時に嘉一郎の竹刀が藍の胴を軽く叩いて、その場に転がしていた。

「ううーん、わたしたちも久吉さんと常吉さんと同じね、あっさり嘉一郎さんに躱されたうえ、反撃までうけてこの様だわ」

床に転がったままの藍の嘆きを聞いた嘉一郎が、

「ご両人、数年後に相まみえようか」

と言い放ったものだ。

藍は、姉弟ふたりの不意打ちがしくじりに終わったあと、

「嘉一郎さん、本当にうちを出ていくの」

と泣きそうな顔で言った。

「あまりにも山波道場の居心地がよくてな、つい長居をしてしまった。このまま

では武者修行を忘れてしまう」

「嘉一郎さん、瀬田に戻ってくるわよね」

「ここは嘉一郎さんの家だぞ」

藍と小太郎のふたりが言い合った。

「ああ、武者修行が一段落ついた折り、必ずやこの地に戻って参る。瀬田には格言があるそうだな、急がば回れ、瀬田の唐橋」

「琵琶湖を舟で渡るか瀬田川を橋で渡るか、遠回りのほうが意外にも早かったということよね。嘉一郎さんの武者修行も遠回りなの」

「それがし、最前も言うたが居心地がよくて瀬田の山波道場に長居した。このことは決して遠回りではない。それがしも楽しく稽古が続けられた。ともあれ武者修行は舟であれ、橋であれ前へ進まねばならぬ。遠回りの極みの武者修行を再開致す」

「嘉一郎さんの戻りを藍はいつまでも待っています」

その言葉に込められた想いを察した嘉一郎が頷き、

「藍どの、待っておれ。この山波道場がそれがしの実家なれば必ず戻って参る」

と応じていた。

「嘉一郎兄さん、武者修行ならば真剣勝負もあるぞ、怪我をしないでね」

「小太郎、嘉一郎さんはどのような剣術家を相手にしても決して引けは取らないわ。小太郎、そなたも嘉一郎さんの力を承知しているでしょ」

姉が嘉一郎の代わりに返事をした。

そんなふたりの問答に、うんうんと頷いた嘉一郎は、

「改めて申す。このひと月、楽しくも充実した稽古を続けられた。旅に出たら、しっかりと己に言い聞かせて武者修行に専念する。修行には怪我は付き物だがな、二本の足でしっかりと歩いて瀬田に戻ってこよう。小太郎どの、約定する」

「何年後ですか」

「いつになるか分からぬ。小太郎どの、そなたが山波道場の跡継ぎにふさわしい剣術家になった折りにかのう」

と曖昧に答えた。だが、嘉一郎は内心日々精進して一日も早く山波一家と再会したいと思っていた。

その日のうちに嘉一郎は山波一家と門弟衆に別れの挨拶をして旅立った。

その嘉一郎を見送るように先に立ったのは藍だった。

「藍どの、ここでよい」

の言葉を漏らした嘉一郎の手をとり、

「もう少し先まで送らせて」

と願った。

そんな山波藍が立ち止まったのは、大己貴命(おおあなむちのみこと)が祀られた建部(たけべ)大明神の石の鳥居の前だった。

藍が稽古着からいつ着替えたか、初めてみる着物の懐から新しい鉢巻と襷(たすき)を出して差し出した。どちらにも藍のひと文字が刺繍されていた。よく見ると、藍の着物の端切れで造られた鉢巻と襷だった。

「この鉢巻と襷といっしょに瀬田に、藍のもとに帰ってきてください」

「繰り返すが山波家はわが実家だと思っておる。そのことは忘れない」

鉢巻と襷を受け取ったとき、藍の手が嘉一郎の手を握った。ふたりはしばらくお互いの手の温もりを感じ合っていた。

嘉一郎は、東海道筋を伊勢、尾張、三河、遠江と東行しながら各宿場に立ち寄り、剣道場や武道場があれば、稽古を願い、立ち合いを願った。だが、嘉一郎にとって、藍が手ずから縫った鉢巻と襷を締めるほどの道場は見つからなかった。

むろん門弟衆のなかに強者はいた。だが、嘉一郎にとって強い剣者になることが武者修行の目的ではなかった。と言って、未だ嘉一郎の脳裏に、

「神石嘉一郎はどのような剣術家を目指しているのか」

の確かな絵図がなかった。嘉一郎はそのことを見定めるのが向後の武者修行の目的と確信していた。


ふた月後のことだ。

神石嘉一郎は、「箱根八里は馬でも越すが越すに越されぬ大井川」とうたわれた東海道の難所のほとり金谷宿（かなやじゅく）の木賃宿に転がりこんでいた。

大井川の右岸に位置する金谷宿の前を濁流がごうごうと音を上げて流れていた。

むろん数日前より降り続いた大雨のせいだ。

嘉一郎は大井川の濁流を見ながら、妹分の藍と弟分の小太郎の顔を思い浮かべていた。

（世の中には抗えないことがある）

と流れを見ながら思った。そう、天変地異も人が抗えるものではない。大井川の暴れ水が引くのを待つしかない。

未だ細雨が降っていた。

ざっかけない苫屋根の下に菅笠を被った嘉一郎と、漁師と思しき老人がいた。ふたりは昨日も一昨日もいっしょに苫屋根の下から濁流を見ていた。これまで言葉を交わしたことがなかった。

この日、老人が不意に声をかけてきた。

「おまえさんは武者修行かね。暴れ川を見ながら木刀を振ったり、刀を抜いたりしておるな」

「邪魔でしたか」

「わしはただの年寄り漁師じゃがな、お侍がな、生半可ではない修行をしてきたことが分かる。なかなかの遣い手だな」

「いえ、未だ一人前ではありません」

「おれは一人前の漁師よ、と抜かす者に一人前の漁師はおらぬ。おまえさんのように黙々と稽古をする御仁こそ、一人前の剣術家よ。暴れ川だけが大井川ではないわ。穏やかな流れと相まって、越すに越されぬ大井川よ。おまえさんもいつの日か、本物の大井川になれる御仁と見た」

「有り難うございます。お言葉に勇気が湧いてきました」

「ああ、謙虚にして大胆な剣術家になること間違いない」

と言い切った。

頷いた嘉一郎は、

「大井川が穏やかな流れになるのはいつでしょうか」

「五日後だ」

と老人が言った。

「五日後ですか」

と応じた嘉一郎は、

「この界隈に剣術の師匠がおりませぬか」

と問い質していた。

「剣術の師匠か。大井川端にはさような御仁はおるまい」

と言った老人が、

「だれに聞いたか思い出せぬ。この大井川をひたすら奥へ奥へと何日も上りつめるとな、寸又峡（すまたきょう）という渓谷に辿りつけるわ。なんという滝か覚えておらぬが、そこにな、千年の齢（よわい）を超えた仙人だか、武芸者だかが棲まいしておるそうな。話だけでは嘘くさいが、何人もから寸又峡の仙人と会ったと聞いたで、ひょっとしたらほんとかもしれん。どうだ、おまえさん、騙されたつもりで会いに行ってはどうだ」

「名はなんと申されます」

「寸又峡の仙人の名か、知らぬな。まあ、賢い剣術家なら、年寄り漁師の話には乗るまいな」

嘉一郎はふと、

(急がば回れ、瀬田の唐橋)

の格言を思い出した。

確証のない話に乗って寸又峡なる地を訪ねてみるかと思った。

「ご老人、千年を超えた仙人様への土産はなにがようございましょうな」

山波道場で指南の真似事をした嘉一郎への謝礼として、「少々ですが」と恐縮して道場の跡継ぎの小太郎が差し出した紙包みを素直に受け取り、独りになって開いてみると、なんと二両も入っていた。

瀬田から金谷までの路銀に三朱ほど浪費した。巾着袋にはまだ一両一分ほど残っていた。

「ほう、行く気か。そりゃ、酒じゃな、上酒ではのうて地酒でいい、樽酒を担いでいけ」

持ち金でなんとか樽酒くらい購えると思った。

「本日、寸又峡への旅仕度をして明日にも大井川を遡ります」

「この濁流は甘くみたらいかんぞ。近道して川を渡ろうなんて考えてはならん」

と老人は最後に忠告した。

漁師の老人が告げた仙人らしき人物は、寸又峡の岩屋の滝の傍らに住んでいた。

嘉一郎が、武者修行の者だがこちらで稽古をさせて欲しいと願って酒樽を差し出した。

歯がほぼ抜けた顔が笑った。そして、辺りにあった縁の欠けた茶碗を摑むと嘉一郎に注げというように差し出した。

ゆっくりと時間をかけて茶碗一杯を飲み干した。そして、雨の降る表に眼差しをやると、ごろりと蓆の上に横になり、鼾を掻いて眠り込んだ。傍らに綿入れがあったので嘉一郎は痩せた体にかけた。

次の日も酒を飲んだ。

嘉一郎は致し方なく岩屋の滝の前で素振りをし、刀を抜き打つ稽古を繰り返した。仙人は酒をちびちびと舐めながら嘉一郎の稽古を見るとはなしに眼を向けていた。だが、なにかをいうことはなかった。

嘉一郎はそんな仙人の視線を感じながらひたすら稽古に没頭した。

雨が上がった日、嘉一郎が独り稽古をしていると、仙人が素面の眼を向けた。

酒が切れたせいで素面になったのかと思った。だが、相変わらずなにかを告げるわけではなかった。無言の眼差しを向けていた。嘉一郎が寸又峡の岩屋の滝にきて十数日が過ぎていたが、ひと言すら言葉を発しなかった。

嘉一郎は独り稽古を行い、仙人はただ見ていた。見られることで嘉一郎の稽古が充実していくのが分かった。

(そうか、仙人の教えとは、無言の教え、見ることだ)

と嘉一郎は得心した。

その日、嘉一郎は藍が縫った鉢巻と襷を身につけて稽古をした。

仙人がどこから得たか、松の小枝を滝に差し出して濡らすと、嘉一郎の五体に振りかけた。そして、

「旅に出よ」

とひと言命じた。

初めて聞く仙人の声音だった。寸又峡の稽古は終わったと告げていた。

岩屋の蓆に戻った仙人の前に正座をした嘉一郎は、深々と礼を為した。
これまで感じたことのない爽やかな気持ちとともに、寸又峡の岩屋の滝を去った。
神石嘉一郎は未知の土地を目指して武者修行を再開した。
文政四年（一八二一）晩春のことだった。

この作品は文春文庫のために書き下ろされたものです。

文春文庫

さらば故里(ふるさと)よ
助太刀稼業(すけだちかぎょう)（一）

定価はカバーに
表示してあります

2024年7月10日　第1刷

著　者　佐伯泰英(さえきやすひで)
発行者　大沼貴之
発行所　株式会社 文藝春秋

東京都千代田区紀尾井町 3-23　〒102-8008
TEL　03・3265・1211㈹
文藝春秋ホームページ　http://www.bunshun.co.jp

落丁、乱丁本は、お手数ですが小社製作部宛お送り下さい。送料小社負担でお取替致します。

印刷製本・TOPPANクロレ

Printed in Japan
ISBN978-4-16-792241-2

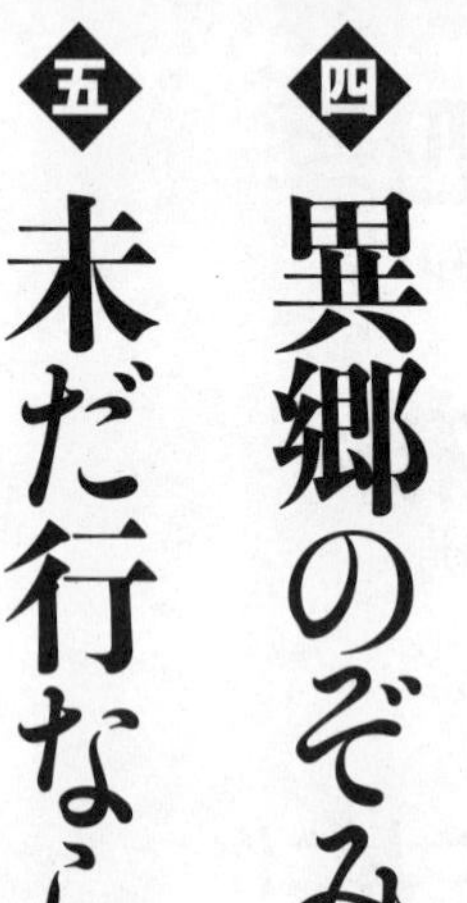

一瞬も飽きさせない至高の読書体験がここに!

桜舞う柳橋を舞台に、船頭の娘・桜子が大活躍。夢あり、恋あり、大活劇あり。

一 猪牙の娘（ちょきのむすめ）

二 あだ討ち（あだうち）

三 二枚の絵（にまいのえ）

四 夢よ、夢（ゆめよ、ゆめ）